作家和他的乡村朋友

李约热 著

上海文艺出版社

目录

八度屯　　　　　　　　　　　*001*

献给建民的诗　　　　　　　　*083*

家事　　　　　　　　　　　　*107*

喜悦　　　　　　　　　　　　*147*

捕蜂人小记　　　　　　　　　*191*

三个人的童话　　　　　　　　*223*

代后记　　　　　　　　　　　*253*

八度屯

一

一个人进村，确实不方便，语言不通，狗又多。

李作家第一次到八度屯，有村主任汉井陪同，负责翻译和赶狗。之后李作家再去八度，就没有这个"待遇"了。

汉井家八十多岁的老父亲瘫痪在床，副主任老罗告诉李作家，除非县长来，或者村民闹事，否则就不要打扰主任，让他安心当孝子。

八度屯是整个野马镇最让人头疼的自然屯，没有之一：这里的村民，喜欢告状，闹出的动静曾经惊动高层；他们为土地的事跟邻村奉备村的村民群殴，有死有伤。野马镇镇长韦文羽那天在村委紧握李作家的手，像送敢死队上战场那样对李作家说，李作家，八度，就靠你了。然后跳上他那辆二手现代，一溜烟就跑了。

李作家，八度就靠你了。这是什么样的一个地方，让一个镇长无计可施？

老罗说，乡村干部，就是下来发放各种补贴、做好事，都不敢进村，一进村就挨轰。

只是骂骂而已吗？李作家说。

目前还是这样，以后就不知道了。老罗说。

李作家有颗大心脏。李作家以前曾参加计划生育工作队，那个事情比扶贫难多了，他都能全身而退。

第一次跟汉井主任去八度屯，屯里浓烈的牛屎味让人避之不及。也是那一次，在屯里，不知谁家在酿酒，空气中酒香弥漫。李作家想，一个地方，只要还有酒香弥漫，事情就不会太糟糕；一个地方，只要还有牛群走动猪崽嚎叫，就是没有酒香，事情也不会太糟糕；甚至，一个地方，就是没有酒香也没有四处走动的牲口，事情也不是不可救药。

这个时候是春天，下着细雨，八度屯在李作家眼里新鲜醒目。现在，已经不是计划生育的年代，更不是跟村民称兄道弟所有事情就能迎刃而解的年代——能跟李作家称兄道弟的年轻人都散落在城里的各个工地。这个村庄，像一头沉睡的巨兽，雄卧眼前。说老实话，面对这头巨兽，李作家的力量还略显单薄。

157户人家，生活在这里，是个什么样的情况？

汉井主任说，要不要我一户一户地给你介绍？

不，你介绍我也记不住，反正以后我都要经常来，他们到底是什么样的一群人，我很快就会知道。李作家之所以这样说，是因为他来到野马镇之后，凡是提到八度屯，所有的人都摇头，好像那里生活着一帮歹徒。

汉井主任只带他去一次，打那以后，李作家都是一个人进村。

一个人进村，确实不方便，语言不通，狗又多。

二

镶金牙的贫困户建民，他家的黑狗又冲出来了。

建民家的房子，在屯里排在第一户，要进入八度屯，他家的黑狗是第一关。头次来有汉井主任，黑狗冲出来吠，汉井主任一棍打过去，黑狗缩头蜷在建民的脚边。建民咧着嘴，李作家就看到了他的金牙。

李作家很久没有在一个人的嘴巴里看到金子了，他震动，之前，他以为镶金牙已经不再是时髦的装饰，他甚至以为镶金牙的手艺已经在祖国失传。没想到，在八度他见到了。

建民对主任说，谁叫你很久没来，二叔都不认得你了。他们讲的是土话，李作家听不懂，汉井叫建民用普通话再说一遍，让李作家听懂他在说什么，以示对李作家的尊重。建民用蹩脚的普通话说，谁、叫、你、很久、没来，二、叔、都不、认得你了。

建民家的狗叫作二叔。

汉井主任说,二叔记打,多打几次,它就记住你了。

这话是对李作家说的。意思是进村要注意带根棍子,好对付二叔这样的危险货色。

第二次来的时候,二叔又冲出来了。

二叔没有狂吠,而是压低头,嘴巴的皮往后收缩,露出全牙,喉咙闷出暗雷,不叫的狗才咬人,当初它朝汉井主任狂吠,完全是撒娇。现在不一样,那是要进攻的架势。

李作家动都不敢动,他觉得如果他手中的棍朝它挥舞,自己可能会很狼狈。他讨好般地露出笑脸,这一招管用,二叔也认得笑脸,李作家示弱的表情使它放松警惕,嘴上的皮舒展一些,牙齿封住一半,但是喉咙里的暗雷依然低沉。

二叔,二叔。李作家朝它喊,手伸进口袋里,十几片碎肉包在纸里,他掏出来,手一扬,给,二叔。李作家有备而来。二叔扑向空中,嘴巴张开,迎接那阵特别的雨水,落在地上的"雨滴",它也一一地舔个干净。这时候李作家的棍子派上用场了,轻轻地敲在二叔身上,主人一样对它说,就你贪吃,就你贪吃。

这个时候建民出现,这回他的金牙深藏不露,他是这里的主人，咧嘴讨好陌生人，这样的事在八度屯根本不存在。建民讲土话，只是动动嘴唇，话语就无比清晰。再清晰李作家也听不懂。

他说，来了又来，有什么用，走来走去，有什么用，最终我们还不是挨人欺负。

你说什么？能不能说普通话？

建民不理会他，继续说，你这样的人我见多了，最多也是丢给二叔几块臭肉，逢年过节送给我们一袋米一桶油，什么也办不了。

李作家说，建民，我知道你们屯的人对村里各方面的工作都不满意，你都跟我说说看。你不说普通话没关系，我把你的话录下来，然后回镇里找人翻译给我听，有什么心里话请跟我讲，看我能帮忙解决什么问题。

建民摇摇头，没有用没有用的。他说。

这个时候，李作家想出一个办法，他想用自己的名字吓唬建民。他在百度上搜自己的名字。拿给建民看。

李作家在城里的时候，百无聊赖之际，曾在百度上搜自己的名字，看批评家对自己的作品怎么评论，看自己参加的活动媒体怎么报道，说白了就是虚荣心使然。刚刚来到野马镇，在欢迎晚宴上多喝了几杯，也是虚荣心使然，他在手机百度搜自己的名字给镇领导看，想引起他们对自己更多的重视。说老实话，在镇领导的眼里，来野马镇扶贫的，一般都是在单位地位不高、受人排挤、混得很差的人，才被"发配"来这里。

事实并不是这样。李作家是怎么样被"发配"来到这里的呢？

来之前，他们跟李作家介绍八度：全部都是"小洋房"，树很多，你去那里，就像去风景区。

他们从手机里调出八度的图片，确实如此，有点迷人。

坐惯了办公室，看着这些照片，李作家感觉一阵清风隔着手机屏幕朝自己吹过来。

这是单位的扶贫点，领导正愁没人去，动员大家报名，到李作家这里时领导是这样说的：你看哈，人家柳青，下乡当农民，写出一部《创业史》，你不是说要写一部牛×的小说吗，这是个好机会。

领导外号叫洪大炮，一个正处级干部，跟副职、跟手下经常点头哈腰，经常一副被人欺负的衰样，一点都没有领导的派头，但是我们大家都服他。这年头，平易近人得不可思议的领导还到哪里去寻找。

他跟李作家说柳青，李作家没有心动，他就是跟李作家说曹雪芹，李作家也不会心动，因为啊，如果李作家真冲着这个下乡，那他很快就会多两个外号，一个是李柳青，一个是李雪芹。谁愿意有这样的外号呀。虽然这两位先生都是伟大的作家。

李作家对洪大炮说，我不缺生活，想写的都还没写完，世上的路千万条，我有自己的一条。

要不是他们调出这个村庄的照片，要不是那阵清凉的风隔着手机屏幕朝李作家吹来，李作家也不会站在这里。话又说回来，只有一阵清凉的风隔着手机屏幕吹来还不足以让李作家来到乡下。眼下，他衣食无忧，觉得自己已经是人生的赢家，看什么都顺眼，人生的"米"多一点少一点都无所谓。这种状态下的人，很容易自己找"贱"。法国作家塞利纳的小说《长夜行》中，男主人公正在跟朋友喝咖啡，一支队伍从眼前经过，他突然决定去当兵，从此枪林弹雨，出生入死。李作家此时的心境跟塞利纳笔下的男主一样，某种不安分的基因在体内苏醒，跟组织的需要没关系，跟牛×的小说没关系，甚至跟要去的地方到底是废墟还是风景区都没关系。李作家想一切清零，让乡间的人和事填满自己，之后呢，该逢山开路遇水搭桥就逢山开路遇水搭桥，该刀枪入库马放南山就刀枪入库马放南山。有点豪气干云，也有点游戏人间。

在乡里，看到李作家在手机上亮出自己的"招牌"，乡里的人只是礼貌性地哎哟、哎哟几声，并无太多的表示，李作家有点尴尬。

建民不一样，建民看见百度上李作家的照片和密密麻麻的词条，半张着嘴巴，金牙又亮了。

这、是、你吗？普通话吐出来了。

李作家点点头。

建民看了看手机，又看了看李作家，一拍大腿，那你要帮我们写告状信。他说。普通话无比流利，特别是"写告状信"这四个字，一气呵成。

李作家硬着头皮，说，有什么事，我来帮你们反映。

三

最近几年，八度屯有两件大事发生：一件是青壮年村民去堵县政府大门，被武警驱散；第二件是因为土地纠纷，屯长忠深率村民跟邻村奉备村的村民打架，美珠的老公被锄头敲在脑袋上，不治身亡。

李作家坐在建民家的塑料椅子上，他身边围了一圈人。他现在就像一个领头的。组织的任命书起不到的效果，百度搜索引擎起到了。他第一次跟汉井主任来八度的时候，根本就没有这样的"待遇"。

建民说，这个领导不简单，百度上面都有他的一大堆名字。他是用土话说的，李作家听不懂，只是看见这一圈人对他露出崇敬的神色，猜建民是在跟他们介绍他。建民为了让大家对李作家更加尊重，跟大家玩起搜自己名字的游戏，他先搜自己的名字。赵建民三个字打在手机百度APP黑框上，搜索之后他笑了，说，百度上的赵建民有很多很多，但是没有一个是我自己。他妈的。

身边的一圈人也纷纷在百度上搜自己的名字，都发现自己的名字在百度上很多很多，但是没有一个是他们自己。他们也没觉得有什么大不了，也都像建民那样笑出声来。

建民说，我们搜镇长韦文羽看看。

搜过之后，建民笑得更大声，说，上面有很多韦文羽，没有一个是他，牛×什么！显然他对韦文羽很不满意。

接下来建民搜县长梁志安，县长梁志安的照片立马跳在眼前，他吃了一惊，县长果然不一样。他有点失望。但是他很快又缓过来，说，我们有李领导，不怕。在他眼里，李作家现在是跟县长梁志安一样牛×的人物。他不知道李作家拿自己百度上的词条给镇里面的人看的时候，根本没人理会。

李作家说，有什么事，我们大家一起商量。

建民说，对，我不信就斗不过他们。

他们真的把李作家当成"领头人"了。

这里的人怨气太重，我就先来做一个"减压阀"吧，李作家想。

四

八度屯以前是矿区。上世纪八十年代，小小一个屯，就有六千人在这里驻扎。医院、电影院、百货商店，人来人往，比野马镇还热闹。

那是八度屯的黄金年代。这里什么都有，县城没有的，我们这里都有。后来跟建民混熟后，建民跟李作家这样介绍当时的八度。他说的什么都有，配以暧昧的笑容，就是含蓄地告诉李作家，这里曾经有很多外来的女人出没。风光不了多久，进入新世纪，因为环保的需要，八度屯所有的矿井关停，人员遣散。

最后一口井，是我封掉的，开矿井也是我，封矿井也是我。建民说。建民说话的口气好像是开矿的大老板，他不过是个搭架子的，还兼做泥水工。

那个时候，很多矿山都属野蛮开采。在八度屯，就有法院开的法院窿、公安局开的公安窿、医院开的医院窿、学校开的学校窿，各行各业都来开采，八度屯的地下，那些绕七绕八的矿脉，被一个个人工开挖的矿道追逐，一条矿脉在前边走，无数个矿井在后边追。那些分属不同老板的矿井像嗅觉灵敏或者嗅觉失灵的猎狗，在地下绕来绕去，迎头相撞，那些在地面上很少碰到一起的人，在地下相见，分外眼红，都打起来了。乱到什么程度，你怎么想象都不过分。

封矿以后，属于八度屯自己的故事才刚刚开始。

在建民家，把李作家围在中间，刚刚用手机搜自己名字的忠涛、忠亮、忠奎、建敏、建堂、建刚一阵大笑之后，开始对他叙说。

忠涛抢着说，之所以是他，是因为他最倒霉，他身上落下的伤，都是老天"赐予"：在八度屯最热闹的时候，有一天，他在路上走，脚下一扭，摔倒在地，这轻轻一跤摔断了右腿。一个年轻力壮的小伙，轻轻一跤就摔成这样，真是不可思议，他们说他肯定是喝酒了，喝酒后人死重死重，自己把自己的腿压断了。他真的没有喝酒。野马镇的医生郑华举着热乎乎的片子，摇头，他说，像是五百斤的石头压在腿上。这是一件很诡异的事情，以后八度屯的男女老少经过这一段路，都是小心翼翼，走路的姿势像是涉过洪水。郑华给忠涛上钢板，后来钢板一直没取出来，像是被人遗忘的废铁，是不是这块废铁引发了忠涛的股骨坏死，忠涛也不在意，他有一段时间不在八度屯，他去了非洲，回来后，就变成这样。

忠涛说，领导你要对我们好一点。他说话的时候，李作家细细打量，忠涛四十岁模样，国字脸，器宇轩昂，但是一对拐杖不离身。

你年纪轻轻，怎么拿拐杖了？李作家问。

股骨头坏死。忠涛说。

怎么不去治？

讲得容易，哪来的钱。

现在不是有城乡医保吗，自己出很少的钱，就能治病。

很少的钱，我也没有，我这样子根本干不了活。

李作家来之前了解政策，贫困户住院，报销比例达百分之九十。

做手术大概多少钱？

建民抢过话，忠涛两边股骨坏死，做手术要十万块钱。

贫困户，住院报销百分之九十，只需要个人出一万块钱，国家出九万。李作家说。

贫困户？忠涛不是贫困户，我们八度屯，最穷的就是他，他自己这个样子，还要养老娘。他家这么穷，都不是贫困户，你们怎么搞的。

建民把李作家当成"你们"了，很快他发现自己言语不对，马上说，这个跟你没关系，都是乡里的那帮坏蛋乱搞。

李作家说，如果是漏评，那可不是开玩笑的，那是要追责的。

忠涛说，他们说我有一辆五菱面包车，车是我表哥的，是他用我的身份证买的二手车，他在南宁打工，车我都没见过。

那叫他过户啊，这多影响你家的生活。李作家说。

他坐牢了，五年呢。

那要跟镇里说清楚啊。李作家说。

他们说在交警的网络系统查出来车主是我，他们也没办法。忠涛说。

这真是个麻烦事。李作家第一次觉得自己受到乡间事情的缠绕。他说，这事应该能解决，我想想办法。

麻烦的事还在后面，忠涛说自己的伤痛的时候还有些客气，讲起整个八度屯，他可是口若悬河。

李作家把忠涛说的话用诗歌的体例来分行，自己居然读得下去，李作家想，如果谱上野马镇山歌的调调，就是一首忧伤的歌。

领导，我们相信你

领导，你要帮我们说话

领导，他们说我们睡在金子上面

说我们是野马镇最富裕的屯

什么政策都不给

真是冤枉死人了

领导，我们八度157户，没有一个人开矿

没有一个人因为铅锌矿发财

这是千真万确的事情

建民帮老板搭支架

建敏熬酒

建堂开拖拉机拉料

建刚开小卖部

跟地底下的矿一点关系都没有

说没有也不对

坐在这里的忠亮和忠奎，他们去挖矿，是拿命去搏

八度很多人帮老板下井挖矿

都是拿命去搏

怎么说我们是睡在金子上面啦

领导，就是开矿发财

过了十几二十年了

富人都变成穷人

地下的矿给我们的好处

最多是喝点肉汤的好处

是保命不死的好处

地下的矿给我们带来的麻烦，那是没完没了

第一个麻烦，地基下沉

八度屯157户人家

60户人家的房子地基下沉，变成危房

需要重新建房子，地在哪里

钱又在哪里

第二个麻烦，病人增多

第二个麻烦看不见，但是要命啊

领导，十几年来

八度的病人多

精神病

癌症

股骨坏死

痛风

肯定是水的问题嘛

领导，我们应该怎么办？

……

很多天之后，建民带李作家去看那些废弃的矿井，半山腰，一个个矿井被水泥封死，建民说，都是我封的。

李作家突发奇想，他问建民，如果政府还继续让开矿，你高兴还是不高兴？

当然高兴了。人多，随便做点什么都不会饿死。

就不怕病人增多？

增多又怎么样，谁得病谁倒霉。

建民还带他去看忠涛说的60户危房，有10户地基下沉厉害，墙体都开裂了，已经不能住人，但是大部分的房子只是墙体出现裂缝，猛一看看不出危险在什么地方。

建民还带李作家去看忠涛说的那些病人，死去的只是在建民嘴巴里出现，重病的和精神病、股骨坏死症，建民带李作家一家一家去探望。

那是李作家来八度后最难受的几天，这样密集地面对二十几位病人，确实是一件让人窒息的事情。

李作家去找镇长韦文羽，说八度病人偏多的事情。韦文羽说，也不能说是跟这里曾经采矿有关系，村民们说八度很多人患上职业病，告状惊动高层，上级曾经派人给全村的人做职业病检查，也没查出什么。村民都是凭自己的感觉，屯里凡是生病的，都往污染方面靠，野马镇其他村屯，野马镇外的乡镇村屯，也有病人，那怎么讲？李作家说，镇长，你凭良心讲，八度这里的病人是不是偏多？韦文羽想了一下，点了点头。李作家说，那你还说跟开矿没有关系。韦文羽说，跟什么有关系一下子真说不清楚，有些人说八度屯风水不好，有些人说跟他们的饮食习惯有关系，这里各个地方的人都有，做的菜五花八门，饮食习惯上跟野马镇其他地方都不一样，有可能是吃坏了。

再后来，李作家两年扶贫结束回城，跟一位专业人士聊起八度病人偏多的事情，他说应该是水的问题，但是检测的时候为什么各项指标都合格，这个问题就复杂了。比如说吧，职业病检测是另外的一个标准，前提是你从事这个职业，如果你不从事这个职业，也按职业病标准来检测，那你肯定没有问题，因为你都不是从事这个职业的人，何来职业病。

八度人真可怜。往往可怜的人喜欢闹事。

李作家还没来到八度的前两年，屯长忠深把水污染的事请小学老师志勇写成材料，全屯的人签字，忠深带拄着拐杖的忠涛和建民去找新闻媒体，还真把记者给请来了。记者写了一份内参，引起高层的关注，责令有关单位进行调查，结果是，八度屯所有的土地停止种粮食，每人每月发三十斤大米。另外，拨六千万元，在八度建一个废弃矿井污水处理厂，把各个矿井流出的废水都引到污水处理厂。

建民带李作家去参观这个污水处理厂，在李作家的印象里，污水处理厂肯定是热火朝天机声隆隆，夜以继日处理从各个矿井里流出来的废水。但是让人没想到的是，这个污水处理厂只有一个看门人和一条狗。

看矿井的时候，建民说这些矿井都是我封的时候还得意洋洋，到污水处理厂，建民就愤怒了。

你说，花六千万，搞这么个假污水处理厂，浪费国家的钱，又对八度一点好处都没有，是不是腐败？

李作家确实有点吃惊。腐不腐败他不知道，但是污水处理厂冷冷清清，只有一个看门人和一条狗让他觉得超出自己的理解范围。

建民对看门人说，忠芳，你对这个领导讲，这样的污水处理厂，有没有用。

忠芳年纪跟建民相仿，穿着保安服。他家也在八度，被请来这里看大门。看门也是三班倒，还有其他两位，平时也是带自己家的狗来这里上班。

忠芳说，有没有用我不知道，反正水流到几个大池子里，满了的时候，我就拿药粉洒进去，然后水就可以排放了。有没有用我不知道。

这样一来，李作家对这个污水处理厂的工作流程有一个大致的了解：从矿井里流出来的废水被集中到这里，然后往里面投药，然后排放，就这么简单。这样的工作，看门人一个人就可以完成。

但是有没有用，李作家也不知道。

建民说，流到污水处理厂的井水只是一部分，我们这里雨水又多，一下大雨，这几个池子很快就满，怎么处理得过来？废水都往地下灌，然后我们又抽来喝。

看到这样的情况，八度屯的人都不干了，屯长忠深召集大家开会，开会的结果是这个地方不能再住人了，要求政府在县城附近划一块地，让八度157户整体搬迁。政府还是很关心这个地下被掏空的村屯的，正在开展的精准脱贫给了县政府底气和解决八度屯村民诉求的机会，县里同意八度屯整体搬迁，但不是每户拨一块宅基地给村民建房，而是根据各户人口状况，在县城的"星光移民小区"，分给每户一套单元房。每户只交很少的两三万块钱,就分到一套价值二十多万的单元房,就是这么诱人的政策,八度的村民都接受不了,他们想要"有天有地"的房子,而且每户一栋,这就超出了政府承受的能力。工作做不通,政府这边很无奈,八度屯的青壮年就到县政府门口拉横幅、静坐,最后被武警驱散……

在建民家,忠涛对李作家叙说。

最后他说,领导,我们应该怎么办?

李作家头都大了。

五

李作家想,初来乍到,每人一块地在县城建房的事他解决不了,忠涛诗歌里的问题是真是假还需要了解,如果是真的他也未必解决得了。他能做的,就是做一个减压阀。

但是,如果你不给八度屯的老百姓做好事,人家有话都懒得跟你讲,你这个减压阀怎么减压,没准减压阀就变成加压器。因为百度搜索,让八度的村民对他充满期待,他得乘势而上。如果他什么事都干不了、干不成,就是百度搜索不管搜的是张三还是李四或者王五,最终全是他李作家的名字跳出来,在建民他们眼里,一点用处都没有。

不管有理无理，我都得先听他们说。李作家想。

汉井主任之前曾经跟他说，在八度屯，你不要跟任何人打官腔，八度屯的人对官腔敏感得很，县里面的那帮人，现在为什么不敢来八度屯，就是官气太重了，一来就想把手拍在村民的肩膀上，他们都烦透了。

李作家也知道汉井主任说的官腔是什么意思，但是他故意问汉井主任，县里面的那帮人一来就读文件吗？汉井主任说读文件还好，读文件八度屯的人也不听，他们相信真金白银。县里面的那帮人也知道这一点，一下来，就居高临下讲空话、套话、假话。好像革命江山是他们打下来的。革命江山是毛主席他们打下来的。汉井主任说。

这个时候，在建民家，李作家有一点点坏，他想知道八度屯的人怎么看县里面的领导，这一下就热闹了，这一下就带有很强的娱乐色彩。哪朝哪代，吐槽官家都是老百姓热衷的事情，现在贪官被抓，最高兴的就是老百姓，议论得最多的也是老百姓。

建民学包村的县领导，他站起来，腆着肚子，但是他突然想到包村的县领导是个瘦高个，马上就收起肚子。

忠奎说，有一个县领导，来到我们屯，把我们集中在一起训话，说我们忘本，国家投入多少多少钱在我们这里，要我们摸摸良心，要会感恩。我们屯的事，你们都解决不了，投入多少钱关我们什么事，其他屯的人应该感恩，要我们屯感恩，除非枪顶。

忠涛说，后来就被我们轰走了。领导，你说，他该不该轰走？

李作家心头一颤，农民这两个字太辛苦，想到不久前，一家杂志社在发表他的作品时，让他写一个简短的创作谈，他这样写：

我觉得她可能是太累了，因为路远，一进村就被村里人围住，说这说那，要这要那，她烦了，干脆站在石头上面，领导一样大声说话，什么懒啊，不勤劳啊，等等。

这是前段时间蹿红网上的视频。一名扶贫干部，在吼村里的贫困户。视频里只有她，没有他们，就像很多作品里只有"我"，没有"他们"一样。

我心里很不舒服。

我们愧对，这被过度榨取的土地；我们愧对，这片土地上为我们勒紧裤腰带的人们。面对这里的一切，我觉得我们应该还要再愧疚一百年，就是给予他们再多再多，都弥补不了我们欠下的债。

由此想到我们的写作。我们都是欠债人。那些生灵和游魂，天上飞的，地上走的，笑着的哭着的，都索债来了。

因此，我们有了非比寻常的压力。

当然，还有还债时的喜悦。

在李作家这里，现在所做的一切，是在还债，在很多领导那里，就变成了恩赐。角度不一样啊。

李作家说，该轰。

建民说，就是，还把我们当小孩子。

因为李作家表态县领导该轰走，他们比刚搜他名字时更觉得他亲近。

在建民家，他问大家，忠涛说的这些问题，解决起来需要时间，除了房子的问题和水质的问题，八度还有哪些问题急需解决。

忠涛说，那个退休警察的家属太嚣张，建新房子，拆掉的砖头堆在屯里，路本来就窄，现在车子都开不进来。我们告到乡里，乡里都解决不了。

他们都害怕警察。建民说。

他叫刘松柏。忠奎说。

六

一伙人带李作家去看退休警察刘松柏家的旧砖头是怎么样堵住屯里的道路的。那是离建民家不远的地方，屯里的一个拐角处，刘松柏家新建的三层楼旁边，半圈旧砖头垒在路上，砖头底部都长出了青草。

这是公共场地，把砖头堆在这里，是想把房子围起来，他贪啊。建民说。

把他电话给我。李作家想跟刘松柏聊聊。

忠奎马上在手机上找出刘松柏的电话号码，报给李作家。

电话接通，是个男的，刚听李作家自报家门，就把电话挂断。

他不跟我说话。李作家说。

所有人都盯着他，想知道他接下来该怎么办。

刘松柏建这座房子，根本就没有入住，家里没人，电话不接，这事还不好办。

他家还有什么亲戚在屯里吗？李作家问。

他弟弟刘松林住在屯里，就是他最嚣张。建民说。

你们带我去找他的弟弟。李作家说。

没有一个人愿意。

我们不想吵架,也不想被人恨。忠涛说。他拄着拐杖就往回走。其他人也驻足不前。这群曾经很亲近的人立马变得陌生。

他们都不想得罪刘松柏。

李作家心里非常不舒服,他是个性情中人,喜怒都挂在脸上。他在为他们解决问题,他们连带个路都不愿意。这像什么话。

你们怕什么?他问。

建民说,屯里就刘松林最不讲道理,看到我们带你去他家,他不会恨你,他会恨我们。为了不影响团结,我让我家二叔带你去。

二叔。建民家的狗。

这么一说之后,李作家笑了。这也太新鲜了。建民说的不影响团结,指的是既不得罪刘松林,又使李作家能到达刘松林家,这样一来,刘松林不至于对建民、忠涛他们有意见。二叔,建民家的狗,关键时刻起到维护团结的作用。

你就不怕他对二叔有意见?李作家说。

满村的狗跑来跑去,这个他怪不得二叔。建民说。建民接着用土话对二叔说,走,松林家。二叔扭头就走在前面。建民说，领导，你就跟在它后面，他在哪一家门口停下来，你就过去敲门。李作家差点笑出声来，他说，好。

七

既然二叔这么给力，先不说李作家怎么去解决刘松柏拿砖头占屯道的事，先说一说二叔的故事：

开始的时候二叔不是条狗，是个人，是建民的亲叔叔。

请放心，这个故事，不是一个转世的故事。野马镇的人都信现世，不信来世。其实狗是狗，二叔是二叔，是建民非要把它和他扯在一起。

建民的二叔年轻的时候，就和建民的父亲、建民的大叔分家了。建民的爷爷跟建民一家住，奶奶跟大叔一家住，二叔单身，一个人分到一间茅草屋，从此过上自由自在的生活。

八度屯这个地方，有五座山包围。夏季，暑气从山顶沉淀下来，所有的事物，像在一口锅里煮，所以夏天，八度的男女老少，不干活的时候，人人手中一把扇子；后来有了电风扇，八度人一进家门，都恨不得把电风扇抱在怀里；后来有了空调——空调他们可吹不起。冬天风大，五座山，山与山之间五道豁口，打开闸门，这里成了风的战场，南边来的风声音凄厉，那是因为山与山之间，立有十几根石笋；北边来的风雄浑，从那里直接通往野马镇，大概路途相对平坦，风来得毫无顾忌，凡是八度屯不结实的屋顶被掀翻的，都是北风造的孽。秋天起雾，八度的秋天，早上和晚上，雾气大得吓人，走着走着，突然看见一个牛头或者人头浮在雾里，雾气深深浅浅，都有人在里面喘息。春天雨水不停歇，八度的春天可以当夏天过，只不过春天的雨舒缓，这种绵长的舒缓，能气死夏天的雨。

就是这样的环境，让人觉得很沉闷，一年显得特别的漫长。这绝对不是外地人对八度的感觉，而是八度人自己对八度的印象，八度的日子比其他地方要漫长，是因为八度人，每个人都有自己依赖的季节，每个人在自己依赖的季节里都有自己的活法。活在相同季节里的人，都希望属于自己的季节早点到来。

二叔喜欢冬天，冬天的时候，雨水稀少，他可以上山敲石块。要给自己建一座坚固的石头屋，是他的梦想。分家的第一天，他就到山上敲石块，沉重的大铁锤，高高抡过头顶，半天下来，手掌被震出血泡，歇十几天，又提着铁锤上山。单薄的身体，坚硬的石头，只要有当当当的声音响起，八度屯的人就会明白，建民的二叔，又在山上敲石块了，这样的声音整整响了三年。一个人，敲石头敲了三年，建房子建了一年，八度屯唯一一座石头屋，在建民的二叔手上建成了。

为什么要起这样的房子？

建民的二叔说，世界上最硬的是石头，我可不愿意十几二十年又建一回房子。那个时候，八度屯的房子都是黄泥舂成。八度夏季多雨，山洪频发，洪水经常从山上冲到屯里，如果没有一间坚固的房子，夏天就过得提心吊胆。

建民小时候，喜欢到石头房里，跟二叔在一起，夏天的时候，建民喜欢用脸贴在二叔家的石墙上面，清凉、湿润。有时他还拿舌头去舔石墙，八度屯的石头，有淡淡的盐味，轻轻一舔，刺激出满嘴的口水。淡淡的盐味和着口水咽下去，有别样的情趣。二叔这个时候也不理他，任由他把自己的小脸贴得冰凉冰凉，他拿舌头舔墙更不用去拦，因为这是他教的，八度的石头有淡淡的盐味，还是他发现的呢。有一次，他在山上敲石块，一粒碎石飞进嘴里，他还以为自己的舌头被石头划破，淡淡的盐味在嘴巴洇开，他吐口水，没有看见红色，他妈的八度的石头可以当盐。

也许是二叔家墙太特别了，建民就认为二叔是整个八度屯最了不起的人。没事就喜欢往他家跑，有时吃饭还在他家吃，有时睡觉还在他家睡。八度屯的人都说，建民，干脆过继给二叔当儿子算了，反正他也没有老婆，更不会有孩子，你跟你二叔，比跟你爸还亲。

建民小学五年级的时候，夏季，一连几天大雨，整个八度屯人心惶惶，都在担心自己家的泥瓦房经不住没完没了的大雨的冲刷而垮掉。跟他们相反，整个八度屯，夜里睡得最香的就是建民的二叔，他建这样的石头房，似乎就是要等大雨来临时，能睡上个安稳觉。

谁都没想到，这间被建民二叔用了几年时间建成的、被建民二叔认为是八度屯最坚固的石头房子，最先倒下。

这间看似坚固的石头房，没有很好的根基，雨水泡烂了地基，房子像一头巨兽掉到陷阱里，成了一堆乱石。

建民的二叔，葬身乱石之中。

那个晚上，八度的人不管男女老幼，都在暴雨里往死里搬石头。一直到天亮，才找到血肉模糊的二叔。

人们在雨水中喊着二叔的名字，赵承芳！赵承芳！

雨声、哭声、喊叫声，这是八度屯有史以来最悲伤的一场合唱。

从那时起，一直到现在，这样的合唱再也没有出现过。

而八度屯从此再也没有一间这样的石头房。石头房成了最不吉利的建筑。

赵承芳！赵承芳！

汪、汪、汪。

雨声、哭声、喊叫声中,有狗崽的叫声。乱石冈里,还藏有一条小狗。它幸运地躲过石头的碾压,缩在石头缝中,小声地叫唤。

赵安民家的母狗,二十天前生了一窝狗崽,其中的一只,刚刚会走路,不知什么时候就跑到二叔的石头房里,跟二叔一起经历这次劫难。

二叔的葬礼过后,建民收养了这条小狗,名字就叫二叔。很多年过去,建民家的狗换了很多只,狗的名字始终只有一个,那就是二叔。

流水的狗,铁打的名字。

八

很快,二叔就在松林家门口停下来。大门开着,李作家拍了拍二叔的头,走进松林家。

松林!松林在家吗?李作家轻声呼唤。

一个男人从楼上下来,用警惕的神情打量李作家这个陌生人。

李作家自我介绍。男人警惕的神情丝毫没有改变。

李作家说明来意。

男人哗哗哗就说开了。第一句他用普通话：

他们忘恩负义！

说的是八度屯的所有人。

第二句开始，他讲的是土话，李作家听不懂，赶紧打开手机录下来，松林也毫不在意李作家举着个手机对着自己，哗哗哗说了半个钟头。后来李作家到建民家请建民他们一句句翻译，才弄清他到底说了些什么。

话的内容跳跃性很大，一下子是说家里的事，一下子说屯里的事，一下子骂人。

松林是这样说的：

他们忘恩负义！砖头是我让我哥堆在那里的。我哥在单位听领导的，在家听我的。为什么听我的，他读高中，读警校，学费、路费、吃的、穿的、用的，全部是我不读书去打工挣钱给他的。你别看他在单位里当所长，在家里我是所长，我爸我妈在世时，我爸我妈是家里的所长，他们过世了嘛，两个人都是同一年走，一个肝癌，一个子宫癌。他们都是我和我老婆照顾的，我哥只会破案破案破案，一个小小派出所，每年要干的事真不少，所以爹妈都是我和我老婆照顾。我妈子宫癌去医院，医院说要动手术，我妈死活不愿意，这就苦了我老婆，她平时就不愿意多干活,她一点都不勤劳,就喜欢在屯里打麻将,赢的多输的少,凭这点她在我面前很硬气,饭都不煮。不煮就不煮,赢钱可以不煮,但是输钱了呢?输钱了就要灰溜溜地回家煮饭,但是我老婆运气就是好,很多时候都是我煮饭。(建民翻译到这里的时候,李作家问,当时他们打麻将最多输多少最多赢多少?建民回答,输赢不超过20元。20元在当时的八度,算是一笔大数目。所以松林老婆在松林面前很硬气。)有三回,她连着输,我心情很不好,打了她一巴掌,我说输一次打一次,第四回的时候,她差点输了,她半开玩笑说谁给我点个炮吧,要不然我老公又要打我了,果然就胡了。她就是喜欢打麻将,一点都不勤劳,但是她是我老婆,她不勤劳我也没有办法。老娘生病,那就不一样了,在医院陪床、送饭、倒屎倒尿,都是她,老娘不愿动手术,回家睡床上,也是她陪在旁边。这个病很折磨人,疼的时候老娘咬着牙不出声,她就在旁边哭。我心疼老娘,也心疼老婆,就在老娘房间摆了一桌麻将,让她一边招呼人,来我家打麻将,一边照顾老娘,我老娘就是在麻将声中去世的。我爸是我照顾的,他肝癌晚期,全身发黄,肚子圆得像个大球,撒不出尿,不停地叫我喊村医忠光给他打滤尿的针,忠光不敢,疼得我爸拿头撞床头,咚、咚、咚,家里像打雷一样,两个月后我爸断气……我家的砖头,就是堆在那里一百年，我看哪个敢搬走。领导，你刚刚来八度，不要听那帮人的话。他们哪一家哪一户，没有得到我哥的关照?! 没有我哥，他们能有水喝吗，能有电用吗？我哥的同学，是水电局的副局长，我哥去找他，他拨钱给八度在山坡上建了一个大水柜，屯里这才有了自来水，以前都是到溶洞里去挑。用电也是这样，以前有是有电，但是拉到村里的电线太小了，放个屁声音大一点，变压器都会跳闸，还不是我哥找他的同学，把线路全部改成粗的，屯里所有的打米机、打谷机才能开动得了。不光水电，哪家哪户只要有什么事，都是找我哥，覃会贤的孙子在县城里偷摩托车，本来应该要坐牢，后来还不是我哥领他回家，罚款都少了一半不用交；忠文在工地打工，老板拖欠工资，还不是我哥去帮讨……这是以前的事了，这样的事太多了，就是这几年，我哥退休后，屯里谁家有这样的事，都还找他帮忙，美珠的儿子拉浪，他的老婆，一个贵州的流浪女，黑人黑户，我哥虽然退休了，但是还有关系，帮他跑来跑去，美珠的媳妇最后上了八度的户口，要是没有户口，美珠家的麻烦就大了……这样的事情很多，我都不说了，我家的砖头占一点道路算什么，领导，你去了解，以前八度屯不是这个样子，以前八度屯的路都能走手扶拖拉机，他们每户建房子，地基都挪出来一点，每一户建房都占用道路，每户占一点，就变成现在这样了,现在不要说是手扶拖拉机,就是两个人面对面,都要侧身才能通过,要不你去问他们,是不是这样,就是我家最吃亏,老老实实在原地上建房,还被他们笑话说我们最愚蠢,就是为了争一口气,我才叫我哥把砖头垒在路上。老实人被欺负,他妈的……(以下全是骂人话,几乎把八度屯的一半以上的人家都骂了一遍,包括正在帮李作家翻译的建民。建民正在翻译,突然听到手机里松林用土话骂自己,立刻就生气了,也用土话骂手机里的松林,骂什么李作家也听不懂。不光他,围在他身边的忠涛、忠亮、忠奎、建敏、建堂、建刚,先后听到松林在手机里骂他们,他们不甘示弱,立马用土话反击,搞得建民家变成一个"云吵架"的现场。李作家不得不把视频给关了……)

在松林家,松林说了半个小时,李作家听得一头雾水,但是他不停地点头,表示自己一直在听。松林最后说,我看谁敢动我哥家的砖头。这句是用普通话说的,有警告李作家的味道在里面。

李作家说,我想跟你哥说说话行吗?我打他电话他不接,你用你的手机打,我来跟他说两句好不好?

有什么好说的。他说。之后就不理会李作家,起身上楼。

李作家心里非常不舒服,望着这个男人的背影,他觉得自己碰上不讲道理的人了,这些年来,因为工作的关系,跟他交往的人都是圈内人,有清流也有浊流,但是大家都客客气气,蹬鼻子上脸的事很少发生。总不能再用百度搜自己的名字给松林看吧(李作家为自己的虚荣感到羞耻)。李作家在心里苦笑,看来自己来到八度要做的第一件事情,是清理松柏家的砖头。

他走出门外,没想到二叔还在那里等他。他说,走,建民家。

九

建民家安静下来。他们都看李作家,连二叔也卧在一边看李作家,它吐着舌头。

他刚才听了建民的翻译,大致了解到一些情况,松柏给屯里做了不少好事,也不是一个不好说话的人,主要是他的弟弟松林,觉得自己的哥哥给屯里做了那么多好事,这些砖头还被人拿来说事,觉得太委屈了,八度屯很多家都有占道建房的行为,所以他理直气壮。

李作家先不说砖头的事。李作家说屯里道路为什么变窄的事,他把松林的话重复一遍。问他们,松林说的话有没有道理?

没有一个人出声。看来占道建房的事在八度是普遍现象。

松林又说松柏帮屯里做了很多好事，解决水电问题，帮覃会贤偷摩托车的孙子说情的事，帮忠文讨薪的事，帮拉浪老婆上户口的事，等等。

建民说，你不要听他吹牛，难道我们就不该喝自来水吗？难道我们用电不方便的事政府就不该解决吗？这些事是政府帮解决的，他把功劳抢到自己头上，他以为他是县长，让我们每个人都高看他。

忠涛说，在屯里，有什么大事你帮我、我帮你也很正常，他家一年死两个人，没有屯里面的人，他们家自己能把丧事给办了？他们几个都是帮抬棺材的。忠涛指着忠亮、忠奎、建敏、建堂。

为什么你们跟他家的关系这么紧张？李作家问。

因为把砖头堆在路上，我们走路很不方便。有几个晚上，有人骑着摩托车，刹车不及，撞在砖头上，还好人伤得不重。如果再不搬走，有可能出人命。建民说。

说来也巧，算是吉人自有天相吧，这个时候，李作家手机响了，是自治区公安厅的治江。治江是多年的老友，李作家下乡后，还是第一次接到朋友打来的问候电话。看到治江的名字从手机上跳出来，李作家当场有了一个主意。跟治江通完电话，他对建民他们说，砖头的事好解决，松柏不是不接我的电话吗，我找县公安局的领导，跟他们反映一下，让他们管一管松柏，县公安局管不了他，我就找公安厅，我公安厅的朋友刚给我打来电话，说扶贫遇到什么困难，尽管找他。李作家把治江抬出来给自己壮胆，也有炫耀的成分，跟在百度搜自己名字给他们看一个道理。

这一招真的是太灵了。

李作家要找公安局领导甚至自治区公安厅领导的消息，建民他们很快就发布出去。李作家是个了不起的人物，你看，百度搜索上都有他的词条。他们亮着手机逢人便说。

没等李作家找县公安局领导，两天后，松柏家的砖头就从路上消失了。

还有就是忠涛"评上"贫困户的事。前面说忠涛表哥拿忠涛的身份证去买了一辆二手五菱车，害得身有疾病、家徒四壁的忠涛没有得到很好的救济。李作家打电话给治江，要他请车管所的朋友帮忙，把车过户到忠涛表哥名下，治江很快就叫人搞定，李作家马上跟镇长韦文羽报告，之后李作家领着扶贫工作组的人入户核验，一个月后，忠涛的贫困户身份就得到确认。

这两件事，使李作家在八度屯"名声鹊起"。

十

回到李作家跟汉井主任第一次进八度屯时的情景。

那一天下雨，正是三月的时候，细雨打在脸上，痒痒的，似春风拂面。广西这个地界，好就好在雨水充沛，植物茂密。眼前的八度，绿树掩映，烟雨缭绕，宛若仙境。

这些年，当地政府在修路方面下大力气，水泥路都铺到各家各户的门口，三月的细雨洒在上面，闪闪发亮。这个时候走在油亮的水泥路上，李作家有去踏青的感觉。

李作家和汉井主任在建民家门口遭遇二叔的狂吠，建民出来和他们寒暄，聊了几句，他们继续往屯里走，牛屎的味道伴着酒香的味道扑鼻而来。

这个村庄的另一面逐渐显现出来。

不到二十分钟的时间，酥在春雨里的舒服的感觉很快就还了回去：所到之处，被踩踏、碾压的牛粪铺满一地，现出人畜的脚印以及摩托车、人力车的车辙；猪圈、牛栏里的污水都顺着墙角流淌在路的两边。乍暖还寒，许多小虫子就已经迫不及待地长大，它们扑面而来，李作家不得不用手去驱赶它们。

汉井主任脸上露出歉意。

李作家从小生活在农村，这样的场景他也很熟悉。

汉井主任说，这里的卫生搞得不好。又说，平时会好一点，这几天瑞明家里有事，来不及清理牛粪，加上这两天其他村的母牛都来我们村配种，牛粪比平时多了好多，所以就变成这样。

在李作家的印象里，小时候在乡下，每到配种的季节，猪也好牛也好，都是公猪或者公牛的主人赶着自家的宝贝，上门"服务"，傍晚的时候，公牛或者公猪的后面，经常跟着一个醉汉。这里颠倒过来，凤求凰，难道公牛比母牛金贵？

李作家说，你们这里的习惯很独特嘛，我们那里都是公牛上门，任劳任怨。

汉井主任说，这是科学。

后来李作家才知道，为了改良水牛品种，自治区水牛研究所的科学家采用新的科学方法，给村里的母水牛统一催情，并带来良种公牛，集中交配。公牛母牛的"情事"，已经不是李作家小时候的版本了。从这件事上看，时代真的是变化太快。只是八度屯一地的牛粪，没有人处理。

十一

他们来到瑞明家。瑞明家的房子只有一层，墙体裸露，水泥砖被雨水冲刷，开始泛黑，让人想起劳累过度、脸上长黑斑的汉子。这房子有些年头了，和他家两边都是两三层且外层都贴上瓷砖的房子相比，有些寒碜。屋里也一样，墙体没有抹灰，这座房子用了多少块水泥砖你都能数得出来。墙上挂着衣物、竹篮等杂物和生活用具，感觉家里重要的东西都挂在墙上。家中桌子有两张，一张是神台，神台上有祖宗的牌位和伟人的画像；另一张是吃饭的桌子，吃饭的桌子摆在家中间，桌上有粘苍蝇的白色卡片，刚换新的，有几个黑点在挣扎。这还是春天啊。

汉井主任用土话喊：瑞明瑞明。

一个男人从房间出来，矮、瘦、黑，像极他家年代久远的墙。

汉井主任跟他简单地介绍李作家，说的是当地的土话。瑞明的手在围裙上搓了几下，就伸过来给李作家握。他叽里咕噜说了一通。汉井主任也没给李作家翻译，好像瑞明跟李作家讲的都是不需要翻译的废话。汉井主任拍他的肩，大概瑞明逢人就诉苦的毛病他已经厌烦。他跟他叽里咕噜几句，瑞明点点头，松开李作家的手。

汉井主任对李作家说，瑞明家的困难跟其他家不一样，他儿子不成用。

"不成用"，李作家以前跟附近这一带几个县的人打交道，他们都用"不成用"这三个字来形容某些质量不好的物件。比如说物价上涨，他们会说，现在的钱不成用，某些商品质量不好，他们就说，这个东西不成用。现在，李作家终于听到，瑞明的儿子——"不成用"。

汉井主任说，瑞明当清洁工挣钱给儿子绍永去南宁读大学，他毕业后不好好找工作，而是跟人去搞传销，这就"不成用"了。

去搞传销，那还得了。南宁的青秀山、五象广场，防城港的海洋公园，北海的老街，经常有很多胸口挂着观光牌的游客，他们多是来自北方，被自己的亲戚、朋友、同学、同事以"参加北部湾大开发"的名头，"劝说"来到广西，被"资本运作"这样的"捞金术"所迷惑，饿虎扑食一样赶来，梦想有朝一日能登上"传销王国"金字塔的塔顶。他们最初都是被一辆大巴拉到南宁、北海、防城港等地著名的楼盘或者景点旁边，旅行团一样走走看看。他们的"导游"从始至终，只干一件事，就是很神秘地告诉他们这些楼盘和景点的来历——每处都有强大的官方势力在支持。这些楼盘的哪一块砖哪一片瓦，景点的哪一块石头哪一尊雕塑，都隐含着发财的门道。总之，不是有后台，就是风水好。一圈转下来，有人离开，有人留下。

李作家的一个北方同学，有一年被骗到南宁，在旅游大巴上被洗了几天脑，才想到要来找李作家，李作家去接他，途经竹溪大道边上金光闪闪的"迪拜七星酒店"，他对李作家说，这个房子，是某某家的。某某是国家领导人。李作家当场就说他被骗了。这时候他还陶醉在自己的发财梦里，从包里拿出他自己写的几幅字，说，下车后，你找个印油，我给你盖章，一幅字值一万块钱呢。他是书法家李作家还是第一次知道，李作家哭笑不得，又不好拒绝，下车后找了个印油，他同学摸出印章，短短十几秒，李作家就拥有价值几万块钱的字。凡是被传销洗过脑的人，不管什么物件，在他们眼中，都可以卖大钱，哪怕是很丑陋的字。

李作家不知道瑞明的儿子绍永是怎么样的一种情况，一般搞传销的大多是外地人，他一个本地人，怎么好意思去走邪路，最后变得"不成用"呢。李作家心疼瑞明，一个乡村清洁员，有一个搞传销的儿子，父子俩职业差距也太大了：一个在地上刨食；一个想天上摘星，他以为他是航天员。绍永不会想连他爸都拉去入伙吧。

真是这样。汉井主任说，瑞明人老实，在村里人缘很好，绍永想通过他在村里发展下线，瑞明没有上当，惹恼了绍永，两年不回来，后来还是警察帮忙，端了传销的窝，才把绍永

"遣送"回村里。

汉井主任说，绍永回家后，吃了睡，睡了吃，成了一个懒汉。最最要命的是，他跟他爸爸，他妈妈，跟所有的人零交流。哑巴一样不说话。前几天，瑞明说了他几句，他竟拿刀片割自己的手腕，幸亏发现得早，要不事情就大了。瑞明这几天天天守着绍永，生怕再出什么意外。村里的卫生没人理，一路都是牛粪……

汉井主任说，李作家，你是从南宁来的，你帮一帮瑞明，去做绍永的工作，拿死来威胁老头子，这不是坏人吗。

瑞明在一边连连点头。

大概汉井主任觉得这是眼下八度屯最难搞的一件事情吧。所以把李作家带来他家。汉井主任想让李作家想办法，劝说一个曾经深陷传销迷局的年轻人，重新回归社会，替父分忧，挣钱养家。

瑞明看着李作家，在他眼里，李作家是那个能救命的郎中。

李作家有点为难，李作家平时在单位，懒得跟人说话，所谓的"说话"不是那种客气的、礼貌性的聊天，而是跟人掏心掏肺。李作家已经很久没有跟人掏心掏肺了。现在这个年代，不要轻易跟人掏心掏肺，哪怕是最好的朋友。好事也好不好的事也好，都要自己藏好。好事别人不会轻易羡慕你，不好的事也没有人帮得上忙。所谓的分享，不是炫耀就是诉苦，在李作家眼里都是自取其辱。

李作家是个认真的人，他觉得要跟绍永谈话之前，得先好好了解一下绍永，真要去劝他，先要了解他，不光他，还要了解这个村庄，总不能像个局外人似的跟绍永聊吧。总得跟他掏心掏肺吧。说到掏心掏肺，李作家很为难。

李作家拍拍瑞明的肩膀，说，你放心吧，我会好好开导他。

瑞明指着他刚才走出来的那个房间，说了句土话。汉井主任翻译，说，绍永就在这个房间睡大觉，你要不要现在去跟他聊？

李作家不愿意现在就去。说，先不要去打扰他，先了解情况，想好怎么说，再专门找时间来见他。李作家说，瑞明你不要太担心。李作家心里想，一个刚刚拿刀片割手腕的人，短期内是不会再割第二次的。

绍永不会有事的，你该干活就去干活，村里面的卫生少不得你去做。李作家说。李作家现在确实不知道能跟绍永说些什么。

主任也在一边附和，说有李作家在你就放心吧。

瑞明失望地点头。

他们又聊了一会儿收成、天气。瑞明的心思在儿子身上，不管聊什么他都往儿子身上扯。汉井主任以为瑞明过多谈论自己的儿子李作家会不耐烦，就像刚进门他俩谈论绍永的事，没有原话翻译给李作家听那样，叽里咕噜，把李作家晾在一边。从他俩的语气和手势，李作家猜得出他俩一个在恳求，一个在推脱。汉井主任原本是希望李作家今天就把这事解决掉，没想到李作家慢热，他也只好推脱。最后他代表李作家跟瑞明告别。

他们离开瑞明的家，瑞明没有送他们，他一头扎进儿子的房间。

十二

清理松柏家的砖头和解决忠涛的贫困户"身份"，李作家在八度屯的威望就树立起来了，瑞明又托汉井主任请李作家去解决儿子的问题。

来八度已经有一段时间了，李作家还没好好想一想，八度是一个什么样的村庄？

汉井主任跟李作家掏心掏肺，他说，除非死了人，要不然吃多大的苦大家都不会说出来，几乎家家户户都如此。

那他们喜欢告状又是怎么一回事？李作家问。

汉井主任说，那个事一言难尽，他们的苦，只要扛得住，都不会麻烦别人。

汉井主任跟李作家介绍，在村里，有时候是白天，有时候是晚上，办丧事的鞭炮声突然就响起来，那是谁家"有事"了，在这之前，这个家庭发生什么事情，知道的人并不多。平日里，各家各户万事不求人，不到最后一刻，绝不轻易人前示弱。

从汉井主任的介绍中李作家得出这样的印象：

这个村庄的生老病死过于波澜不惊。

这个村庄，有点深沉，也有点麻木。

汉井主任跟李作家讲几个"有事"的典型事例，其中事最大的，就是十年前村里的一起群体中毒事件。

十年前，一个五月天，村里的年轻人海民去田里洒农药，晚上回家，吃饭，喝酒，头昏眼花。海民以为自己干活太累，不胜酒力，早早上床休息。躺下不久，肚子又出了状况，先是隐痛，后来越发严重，还伴有呕吐。海民对新婚不久的老婆美雪说，完了，肯定是农药中毒了。美雪启动摩托车，用出嫁时娘家送的"背带"（把新生婴儿背在身上的长布块，能挡风，保暖），硬是把海民绑在身上。摩托车一路狂奔，赶到县城医院。

躺在医院的急救室里，海民已不省人事。医生打针，灌肠，忙了几个小时，才把他抢救过来。

几天后，海民出院，还是美雪，骑着摩托车把海民驮回家，车上，夫妇俩商量，请朋友来家里闹一闹。捡了一条命，夫妇俩都觉得庆幸。回到家，美雪杀鸡宰鸭，烧火做饭。朋友们接二连三地来到，这个时候，他们才知道海民农药中毒的事。这几天，夫妇俩去了哪里，去干了什么，竟然没有一个人知道。他们几乎每个人都对海民说，大难不死必有后福。

海民刚刚出院，不敢喝酒，让朋友们放开喝，朋友们也不客气，打圈干杯，猜码划拳，非常火热。酒足饭饱，朋友们各自回家，一个看似平静的夜晚，这时候危机四伏。接下来，前后不到两个小时，来海民家吃饭的朋友，先后被家里人，像当初美雪送海民去县城医院那样送往县城，两个小时前他们还在海民家猜码划拳，两个小时后又在县城医院的病房里会集……

当晚在海民家喝酒的一共有七个人，先是赵一敏被弟弟赵二敏送到医院，刚刚进急救室，第二个朋友又被送到，是赵孟林，他喝酒时最活跃，又是唱歌又是跳舞，现在被他老婆从摩托车上背下来，瘫在地上，口吐白沫……医生一问，得知赵孟林跟刚刚被送到急救室里的赵一敏今天同一个饭桌上吃饭,知道大事不好,肯定是群体性中毒事件。医生报告给院长,院长还没赶到,又一个中毒者被送到,是赵东生,接下来是赵茂林和赵启胜……

这个村庄,伴随着摩托车的轰鸣声,先后有五道光柱,野兽的眼神一样划破黑夜。

除此之外,并无异常。

整个村庄没有人知道发生了什么。

没有人知道这个村庄的另外五个人,在县城医院的病房外,焦急地等待亲人的消息。

在海民家吃饭的一共有七个人。另外两个是冠远和他的儿子忠发,他们没有被送到县城,因为家中只有父子俩。冠远以前当过兵,学过战地自救的知识,自己肚子翻江倒海时,他知道这是中毒了,得想办法把吃下去的东西吐出来。他跌跌撞撞去找煤油,之后摸进儿子忠发的房间,忠发这时候已经昏迷,老人家撬开忠发的嘴,往里灌煤油,忠发没有咽下去,他已经不行了,老人家只好拼命往自己嘴里灌……后来是乡医院的救护车把他和忠发接走的。之前,县医院的院长知道同桌吃饭的还有海民、美雪夫妇和冠远、忠发父子,马上打电话给乡医院的院长去村里查看,海民、美雪夫妇从睡梦中被叫醒,他们没事；冠远、忠发父子躺在房间里，奄奄一息，乡卫生院的人砸开大门，把他们送往县城。

一起来海民家聚会的七个人，最后只有忠发没有抢救过来……

罪魁祸首是海民的酒，当晚喝的酒跟海民住院前一晚喝的是同一种酒。海民有风湿，经常去挖八角树的根来泡酒，这一回他不小心，把断肠草的根当八角树的根泡在酒里。那天，海民到地里喷农药回家后喝了两杯，当时就中毒了，他以为是喷农药中的毒，县里的医院把他抢救过来后，也以为是农药惹的祸。没想到，要命的错误一犯再犯……后来海民和美雪去了广东阳江，他们去那里的刀具厂打工，不再回来。原因很明白，这个事件让他们愧疚终身，无脸见人。

最可怜的是冠远，他跟儿子一同去海民家吃饭，儿子照顾他，凡是该他喝的酒儿子都抢过来喝，儿子简直就是替他挡刀。

十三

这样的故事，给李作家很大的触动，汉井主任跟李作家说起这件事情时，轻描淡写。李作家离开农村太久，关于农村的消息，多是来自互联网。说老实话，互联网上比这惨得多的故事有很多很多。但是在电脑前看到，跟在事发地听到或看到，感受很不一样。

这个村庄，这个村庄的每一家每一户，所有的苦难都自己消化。每个苦难都有来路和归途，像雨融于土地。

此刻，李作家脑子里全是摩托车孤独的光柱，还有车上那些"不敢高声语，恐惊天上人"、埋身黑夜、送自己亲人去医院救治的男人女人。

这个孤独的人间。

李作家以为自己已经怀揣这个村庄的心事。

如果把这个村庄当成一个人，那这个人也可以是李作家。

那李作家又是怎么样的一个人呢？

小时候是孤儿，长大后愤世嫉俗，三十而未立，"北漂"打拼，靠写小说出道，终于"人模狗样"，终于"看什么都顺眼"。

老实说，李作家当初是一个什么样的人，他自己已经忘得差不多了。

曾经不下十个人跟李作家讲李作家当初的好：

大眼，现在在老家，正在被肺病折磨，少年时代的他，好勇斗狠，每一次被人追打，都逃来李作家当时工作的小镇躲避，经常在李作家那里，一住就是半个月。

小成和小朵，李作家的同学，一对模范夫妻，当初双方父母不同意他们的婚事，越是不同意，就越是要在一起，他们背着父母领了结婚证，但是他们根本没有去处，小成找李作家商量，李作家说，你们先到我那里住一段时间，顺便摆个地摊，现在他们赶你们出来，以后他们得求你们回去。李作家的房间变成他们的婚房，他们的儿子大成就是在那时孕育的。怀上孩子之后，两家老人才同意这门婚事，后来补办婚礼，李作家还去当伴郎。

……

那个时候，李作家工作的地方，简直就是朋友们的避难所。

现在，只要李作家一回老家，朋友们就轮流请他吃饭，说当年他对他们的好。回想起来，那是很久以前的事了。

现在，如果朋友们再有什么事，李作家还会这样吗？李作家不知道，因为李作家现在也跟这个村庄一样，深沉，麻木。见过太多让人伤心的事情，也经历了背叛、利用和忘恩负义，他已不再关心别人怎么对待自己，对别人的伤痛、衰败也熟视无睹，不再愤怒，也不再焦虑，心如死水。有一首歌这样唱：

转眼一瞬间

不知多少年

多少悲欢离合假装没看见

……

要不是工作,他也不会和这个深沉、麻木的村庄发生交集。

李作家觉得他可以跟瑞明的儿子绍永谈了。

十四

几天后,李作家来到瑞明家,瑞明看见李作家,很高兴,把他请到绍永的房间,轻轻地推门,又轻轻地关门。房间里只剩下李作家和绍永。

绍永躺在床上,裹着红色的棉被,背对李作家。李作家只看见他的头发。绍永床前摆着一个桌子,一台崭新的台式电脑立在床前,电脑的包装盒子扔在房间一角。可怜的瑞明,为讨好儿子,给他买电脑。绍永现在,只跟电脑亲。

李作家说,绍永,我是李大哥。

他动都不动一下。

绍永，我们聊一聊，你有什么想法跟我说，看我能不能帮你。

说这句话时李作家有点心虚。

绍永还是没有什么反应。

房间里一张凳子都没有。李作家只好坐在床沿，不像是来聊天，像是来探视病人。

李作家轻轻地推他，轻声说，绍永，绍永。

绍永死人一样。

他是醒着的，只是不愿意跟李作家聊。房间里掉下钢针都能听见声响。

瑞明一直在门外偷听，听到房间里没有什么动静，待不住了，又推门进来，喊绍永，说的是土话，大概是绍永的小名。瑞明跟自己的儿子说话，轻轻缓缓的语气，像要把他含在嘴里。这个被血缘勒住喉咙的父亲啊。

这时候房间里进来一个小孩，三岁模样，他跑到床前，摸绍永的头发：爸爸我爱你，爸爸我打你。小孩说。

爸爸我爱你，爸爸我打你。把李作家给逗乐了。

你是谁啊？李作家问。

但是小孩只说这两句。边说边摸绍永的头发。

小孩是瑞生的孙子，瑞生家离瑞明家不远，孩子的爸爸妈妈在县城打工，他一个人跟爷爷在家。

爸爸我爱你，爸爸我打你。

小孩又说了一遍，就跑出去了。

从始至终，绍永一点反应都没有。孩子搞笑的呼唤和稚嫩的手都不能让他动一下。

李作家无功而返。

夜晚，李作家不甘心，想再去试一试。

瑞明夫妇不在家，明天县里要来检查，他们连夜搞卫生去了。

家里的门开着，绍永房间的门也没关死，推开房门，关上房门，李作家发现，房间的门闩给抽调了。外人随时都可以进来。绍永没有给门装上门闩，你们想来就来。他大概是这种破罐子破摔的想法。也可能是想让父母放心，他不会再割手腕。

绍永，绍永，我是李大哥。

他还是上午的那个姿势，李作家也还是只能见到他的头发。

绍永，我们聊聊好吗，你看我都来了第二次了。

他一动不动。李作家去摸他的头，他的头猛地一摇，他在抗议李作家的抚摸。李作家倒吸一口凉气，不敢去碰他。

他拒绝交流，我还能怎样。李作家想。

这个晚上,如果和他搭上话,李作家是打算掏心掏肺跟他聊的,李作家想跟他聊聊自己,聊一聊这个村庄发生的事情,十多年前那起中毒事件发生的时候他也还是个小学生吧。

但是他不理李作家。

无奈之下,李作家只好走了。

瑞生家的门开着,灯也亮着。李作家刚才路过他家门口时,他三岁的孙子,那个摸绍永的头说爸爸我爱你、爸爸我打你的男孩还在家中玩耍。在绍永这里碰壁,李作家想去瑞生家看看。随便跟瑞生聊点什么,打发这个夜晚。

抬脚进瑞生家门时,李作家看见血迹。他以为是鸡血,没有在意。家中一台切猪菜的机器边有一捆未切的红薯叶,李作家走过去,越接近那台机器血迹越多。

李作家大吃一惊:他看见那捆红薯叶旁边,有三根小手指。

出事了。肯定是瑞生的孙子玩切猪菜的机器,把自己的手指给切断了。此时,瑞生肯定是带着孙子,急急奔赴县城。但是他忘了把断指带上,如果不把断指送去,孩子将终身残疾……

李作家赶紧捡起三根断指,用餐巾纸包好,飞快地跑去瑞明家,踢开绍永的房门。

躺在床上的绍永受到惊吓，转过头来看李作家。

一张惊恐的脸。

赶快带我去县城！李作家朝他吼。

很快，绍永和李作家坐在瑞明家的电单车上。

我们还能快点吗？我们还能快点吗？身后的绍永跟李作家说话。这是他第一次跟他说话。

李作家没有回答。

在医院，正在被儿子黄志训斥的瑞生看见李作家和绍永，非常震惊，像在做梦。黄志看见绍永手里有血迹的小纸包，喜出望外，他接过来，有救了，有救了，他喊着跑去医生办公室。瑞生抱着绍永，摇着头哭。李作家站在一边，想，真是惊心动魄的一个晚上。

孩子的手保住了。

绍永也有所松动，几天后，有人看见他帮父亲瑞明开电动垃圾车运垃圾。

十五

八度屯没有屯长。屯长忠深因为聚众斗殴，致人死伤，被判五年，眼下正在柳城监狱服刑。虽然没有屯长，人们的生活，似乎也不受太大的影响，但是由于没有人跟村里、乡里甚至县里"对接"，扶贫这件事在八度开展得很不顺利。

李作家问建民，你愿不愿意当屯长？

建民一支烟就吐在地上，不行。他说。

李作家问了几个李作家觉得他们有能力当屯长的村民，没有一个人愿意。

当屯长每个月有三百元的津贴，像八度这样问题丛生的屯，当屯长要有一副热心肠，还要不怕麻烦，还要有魄力才行。

建民说，只有忠深当得了，可惜他现在坐牢，他是我们信得过的人。八度，再也没有像忠深这样的屯长了。

事情回到几年前。

八度屯的人靠矿吃矿，对耕种不怎么热情，很多土地都无人耕种，后来政府封矿，八度屯丢荒的土地才重新被耕作，也有一些边边角角的地，或者属于集体所有的地，一直没人理会，久而久之就变成荒地。那些不起眼的荒地，后来变成了要命的荒地。

八度屯地处野马镇和昌明镇的交界，和昌明镇奉备村耕满屯接壤，八度屯那些撂荒的边边角角的土地，奉备人拿来种玉米、种甘蔗，时间一长，他们就把这些地当成自己的地。八度屯的人开始也没有太在意，但是，突然有一天，不知道谁发布消息，说一条二级路将从八度屯和耕满屯之间经过，修路肯定就要征地，征地肯定就要给补偿，那些被遗忘的土地一下子变得金贵。

建民记得，他曾经跟忠深去找耕满屯的屯长罗五一，罗五一胆小，不敢出面动员占用八度屯土地的人家清理土地上的农作物。没有办法，忠深对建民说，我们先礼后兵。先礼，就是"搞宣传"，建民骑着摩托车，驮着忠深去奉备村耕满屯，忠深拿着一个电喇叭喊话：奉备村的兄弟姐妹，有在我们八度屯的地上种玉米、种甘蔗的，玉米收了之后、甘蔗收了之后，就不要再种了……还写了几张"通告"，贴在耕满屯显眼的地方。后兵就是，如果这样做起不到效果，那开春的时候，就要强行收回，在地上打桩，搭棚。

建民记得，开春的头一天，忠涛挂着双拐，拐杖的声响比平时密了两倍，简直就是马蹄的声响，他来到建民家里，说，耕满屯的人又在地上种玉米了。

建民的摩托车驮着忠深往耕满屯赶，在两个屯接壤的地方，他们看见，在属于自己的土地上，长出了玉米芽。耕满屯人没等开春，早早就播种了。没有办法，只有"后兵"了。一个电话，在家的年轻人不多，在家的中年人多的是，一家一个人，拿木桩、拿锄头、拿锤子赶了过来。先是铲掉玉米芽，然后在地上打桩。这个时候，耕满屯的罗五一也带着他的队伍赶过来了，这个平时胆小的屯长，吃了豹子胆，一上来就带头拔桩，这下就不得了啦，拔桩、钉桩；拔桩、钉桩，两个屯的人就动手了。忠深看见形势不好，赶紧拉着自己的人，不要动手，不要动手，他喊。但是场面失控，一把锄头高高举起，砸在美珠老公头上……

建民对李作家说，一开始的时候，我因为打派出所电话没人接，开摩托车去派出所报警，才没有卷进去。

李作家说，算你运气好，如果你在场，你会怎么样？

建民说，搞不好死的就是我。

建民还说，忠深是我的好朋友。

忠深是一个怎么样的人呢，下面是关于他的故事。

十六

很多年前，八度屯，最后一口井封掉以后，忠深和建民并肩坐在井口边，对着山下空荡荡的八度屯，不知所措。那时他俩都四十多岁，都有父母妻儿，矿井封掉之前，忠深下井挖矿，建民矿井里搭架子，忠深挖到哪里，建民的架子就搭到哪里。现在井都封掉了,他们心也慌了。

建民说,种地是不可能的了。

忠深说,出去打工也是不可能的,老人小孩都需要人照顾。

那我养猪吧,矿工们居住的房子,反正也荒废了,我把那里改造成养猪场,先养几十头看看。

忠深说,我去学做道。

所谓的"做道"就是人死后,一队人马对着唱本的唱词,敲敲打打,唱歌超度亡灵,主要内容是死去的人怎么出生、长大,经历了什么样的劫难,做了什么样的好事,如今功德圆满驾鹤往西。一唱就是几个晚上。

建民养猪谁都不会奇怪,八度屯的任何一个人说自己养猪,没有一个人觉得奇怪,但是忠深说自己去学做"道公",让建民觉得不可思议。这个世界,做任何事情,都需要力气和天赋。忠深有的是力气,忠深初中毕业,没有钱继续上学,回家务农,那时候正好香港武打片盛行,野马镇上的录像厅门口挂的喇叭,成天嘿嘿哈哈地响,看了几场录像后,忠深就拜野马镇的陈阿大为师父练武,学了几套拳,就以为自己是武林高手,干农活的时候,脑子里也是自己飞檐走壁、劫富济贫的情景。忠深在野马镇打了几场架,陈阿大教的拳法一点都用不上，全是靠力气和不要命的气势，打赢了，师傅陈阿大为了抬高自己的"江湖地位"，拼命宣传，以讹传讹，忠深遂成了野马镇谁都不敢惹、功夫了得的"高手"。做"道公"忠深有的是力气，但是做"道公"要唱啊，忠深那个嗓子，像竹子做成的扫把拿去扫大街，沙沙的声音难听得很，这样的声音拿去超度死人，死人去不去得了西天，都是个问题。

建民说，你唱得了吗？

只要敢唱，就唱得了。你以为上台表演，要卖门票吗？忠深回答。

建民说，收入不高啊，一场丧事下来，要累几天，就是百把两百块钱。

我就是喜欢，没有办法。

建民还是第一次知道忠深喜欢"道公"这份职业，如果矿井不被封掉，忠深的这个理想还要很长时间才能实现，搞不好葬身井底，别的"道公"来给他超度，也是说不准的事情。

建民说，以后，你就不停地有猪头肉和鸡肉吃了。在野马镇，灵堂上的祭品主要是煮熟的猪头和公鸡，有钱人家的灵堂还会有烤乳猪。这些祭品，最终都归"道公"。

从今以后，夜晚当白天过。忠深说。

忠深就从青年时候的矿工，变成中年时的"道公"。

十七

很多年以前,在野马镇,主要有三支队伍给亡灵超度,三支队伍各有各的势力范围和职业优势。第一支队伍是罗炳初带领的"十五号队",为什么叫"十五号队"？因为每月的十五号,是野马镇干部职工领工资的日子,"十五号队"是专门做领工资的人"生意"的团队,领工资的人,家里有谁去世,一般都来请罗炳初。也不是罗炳初的手艺有多好,是因为有一年,野马镇多少年才出现的唯一的一个县处级干部,副县长潘猛,他的母亲去世,潘猛跟罗炳初同一个村,肥水不流外人田,罗炳初自然就摊上这单"生意"。那个时候,副县长的母亲去世,是野马镇的一件大事,很多很多的人,都过来安慰潘猛,说是人山人海一点也不过分。这一场丧事,罗炳初的队伍空前地卖力,他们使出浑身解数,把潘猛母亲的功德,唱得声情并茂,很多人都流泪了。打那以后,野马镇凡是领工资的不领工资的,不论远近,只要谁家里的亲人过世,罗炳初就是首选。

第二支队伍是"文化有限公司队",为什么叫"文化有限公司队",是因为他们的主力,小时候是孤儿,几乎没上过学,文化"有限"。他们都是先跟师傅走家串户,然后再自由组合,相同的命运让他们走到一起。领队的是林龙军，天生做"道公"的料，心善得让人发慌，每一场丧事都陷进去，好像自己的爹妈又死了一回。一般家境不好的人家里有人去世，首先想到的就是这支"文化有限公司队"，至于钱嘛，有多就给多，有少就给少，接过主家的钱，林龙军还有些不好意思。

第三支队伍，就是忠深后来参加的这支，叫"敢死队"。为什么叫"敢死队"，整个野马镇，凡是不得好死的人，车祸、触电、溺水、摔死等等，男女老少，他们的亡灵，全是由这支"敢死队"来超度。

"十五号队"、"文化有限公司队"、"敢死队"是野马镇的人给起的外号，三支队伍之间各有各的分工，互相瞧不起对方、同行是冤家这样的事情，并没有在三支队伍之间发生，那是因为，他们直接面对的就是死者，以及悲伤的家属，在死者和悲伤的家属面前，炫艺、贬低别人抬高自己，甚至给别人使坏，是想都不要去想的事情。炫艺、贬低别人抬高自己，甚至给别人使坏，野马镇的"道公"们，绝对不会那样做。一年之中，三支队伍同时没有活干的时候，他们就聚在罗炳初家，喝酒聊天。比如有一回，在罗炳初家，聊到野马镇人给他们起的这些外号——他们并没有觉得这是对他们的讥讽，他们都哈哈大笑。罗炳初笑得最大声，他说，整个野马镇，就是我们"十五号队"、"文化有限公司队"和"敢死队"的天下。

"文化有限公司队"的孤儿们的笑声,虽然不像罗炳初的那样爽朗,但也是非常的由衷,林龙军说,有口饭吃,比什么都重要,还有,如果没有我们"十五号队"、"文化有限公司队"和"敢死队",野马镇的死人,怎么上西天?!

"敢死队"的领头是六十岁的赵忠南,他的笑藏在喉咙里,像咳嗽。"敢死队"比"十五号队"和"文化有限公司队"做的活,更加艰苦。那些孤魂野鬼,都是由他们超度。赵忠南说,上西天重要吗?重要,也不重要,重要的是,不管是怎么死的,最后都是由我们来送行,虽然是做给活人看,是让活人心安,只要活人感到心安,死人上不上西天也没关系啦,活人毕竟比死人重要。他的话有点深奥,"十五号队"的人和"文化有限公司队"的人不管理解不理解忠南的话的意思,他们都说,对!

他们所做的一切,都为了活人。

确实是这样。

十八

很多年以前,忠深以"道公"身份参加的第一场丧事,是汉井主任跟李作家说的那起中毒事件的死者赵忠发。

忠深在赵忠发的丧事现场大显身手。

这是他第一次"入行"。忠发年纪轻轻就去世，属"不得好死"，在野马镇，这样的魂入不了祖宗的牌位，"道公"们说好听点，是给他们超度，说不好听，就是将他的魂魄封死在某个地方，不要让他的冤魂飘来飘去祸害人间。所以入殓、入棺、封墓，主要由"敢死队"的人来完成。

忠深格外的卖力。一匹白布每一米半就剪一个角，"敢死队"队长、六十岁的赵忠南用力一扯，嗞——，然后递给忠深，忠深拿白布，裹忠发的尸体。一匹白布，裹一具尸体，绰绰有余。忠发因为是中毒，死得很痛苦，一般白布裹尸体先从脚裹起，忠南担心忠深害怕，说，这回从头先裹起，眼不见心不怕。但是忠深很认真，也不觉得忠发痛苦的表情有什么可怕，他经常看见那些在矿井下犯病的人，他们的表情比躺在眼前的忠发痛苦多了。忠深说，还是先裹脚。

嗞——这张白布裹忠发的脚。

忠发的两只脚并拢，已经被宣纸搓成的绳子捆住，忠深先用手轻拍忠发鞋面上的灰尘，然后慢慢缠绕——这双腿曾经有力地拍在八度的田埂上。那一回赵忠原家的牛疯了，去追忠发的爸爸冠远，忠发箭一样去追疯牛，风哗哗地刮过他的耳边，脚底下是泥是水是石子是刀他都顾不了啦。鞋子掉了，脚板像踩在烧红的钢板上面，滚烫无比。在疯牛即将用角抵住父亲的那一刻，忠发捡到了粗壮的牛绳，死命地拉疯牛，身子几乎仰在地面。这一下，疯牛追逐的目标立马换成忠发，忠发扔掉牛绳，扭身朝父亲的反方向跑，这一回他跑不过疯牛，很快，疯牛尖尖的角顶着他的腰，把他挑上半空中……

嗞——这张白布裹忠发的腰。

八度屯的每一个人都知道忠发的腰有一个被牛角顶出的伤疤，夏天的时候，忠发喜欢打赤膊在村里走来走去，那块伤疤像块小铜镜，能反射太阳的光亮，八度屯的每一个人都曾经被这块小铜镜晃过双眼。疯牛的主人，头上也有很深伤疤的忠原说，那是块奖章，是救他爸爸，老天赏的。然而忠发没有被忠原家的疯牛顶死，却被海民家的毒酒毒死。怎么说都是替他爸爸冠远送命。忠深拿白布裹忠发的腰，用力过猛，忠发嘴巴竟吐出一口气。毕竟是第一次，忠深没有经验，连说对不起对不起，又继续缠。

嗞——这张白布裹忠发的头。

这一下忠深的眼泪就流下来了，这是最后一个照面，从此后，这张面孔彻底在八度屯消失。

忠深接下来把脚边的二十个鸡蛋，敲在搪瓷盆里面，他敲一个,"敢死队"队长,六十岁的赵忠南就用勺子把蛋黄撇出来。蛋清和蛋黄分离,蛋黄拿去煮汤,蛋清拿来当糨糊,涂在白砂纸上面,封棺材的缝隙。啪啪啪啪……盆里二十个鸡蛋的蛋清,被忠深手中的筷子搅动得像绸缎一样起起落落。接下来一把刷子,很快就握在忠深手里,搅匀了的蛋清浮着一层泡沫,刷子轻拂,泡沫破碎,空荡荡的棺材,贴满砂纸,从此风雨不侵。急促的鞭炮声响起来,时辰到了,"敢死队"抬着被白布裹得严严实实的尸体一步步移到棺材边,轻轻放下,十几个硬币散落在棺材里。最后是棺材盖,做棺材的马自觉太不走心了,棺材盖的一角厚了半厘米,不过"敢死队"队长,六十岁的赵忠南早有准备,他从工具箱里拿出一把木工刨,唰唰唰,一条条刨花从木工刨的顶部冒出来。之后,棺材板重新盖上,这回严丝合缝,二十四颗三寸长的钢钉将盖板和棺材钉了个严严实实。唢呐声响起,这个时候才算正式宣布,八度屯的赵忠发,死了。

你怎么就死了呀?

忠深的唱词开头多了这一句。

法事的唱词都有固定的格式,一般先介绍逝去者所属的地区,算是替他报家门,忠发丧事的唱词,应该这样开头:野马镇五合村八度屯赵忠发,生于某年某月某日某时……在忠发的丧事上，第一次做法事的忠深脱口而出，你怎么就死了呀，野马镇五合村八度屯赵忠发，生于公元1980年5月17日……

从那时起，你怎么就死了呀，就成了"敢死队"丧事上的唱词开头的第一句。

你怎么就死了呀，野马镇五合村八度屯赵力钱……

你怎么就死了呀，野马镇五合村八度屯徐鹏……

你怎么就死了呀，野马镇五合村八度屯赵英秀……

赵立钱到池塘钓鱼，起钓的时候鱼线摔在电线上触电倒地，头撞在石块上身亡。

徐鹏喝醉酒把摩托车开到水沟里淹死。

赵英秀在南宁被泥头车撞死。

你怎么就死了呀？那些不得好死的八度屯的男人女人。"敢死队"的人们，一年到头有很多的日子在为你们歌唱。一边唱你们的功德，一边防你们的冤魂四处飘散祸害人间。

十九

很多年以前，已经成为"道公"的忠深和养猪养得很不成功的建民在一起聊天。这个时候，忠深已经参加了十场丧事。建民的猪开始养到二十头。他们各自说自己做"道公"和养猪的心得，互相诉说，不停地打听。

忠深说一些关于死者的事情。

赵力钱就是其中的一个。

赵力钱是个红脸男人，脸上的毛细血管得比较浅，一年四季血色荡漾。不知道的人还以为他一天三餐离不开酒，其实他是八度屯少有的不喝酒的年轻人。那年八度屯那起中毒事件，除赵忠发外，其余六个都抢救了过来，其中就有赵力钱的功劳，他参加了献血。

那几天，忠深他们在屯里忙赵忠发的丧事，赵力钱和另外十九个八度屯的人去县城给中毒的人输血。二十个人，大多从南宁、北海、崇左，最远的从海南赶回来。他们被集中在一个屋子里，不远处的病房里躺着六个口吐白沫、心脏还在顽强跳动的八度屯的中毒者。赵力钱等人的手臂被橡胶管绑住，医生的针管迫不及待地刺进他们的动脉。因为用血用得急，一切都像电影里的快进镜头，比平时快了好多倍。

结果是，这二十个人，有一半人的血不合格。

铁民的血不合格，他在佛山做陶瓷。工作的环境尘土飞扬。一摘口罩，就不停地吐口水。

春民的血不合格，他杀猪，猪下水吃得多，血稠得快流不动了。

冠海的血不合格，医生也不说什么，直接把他请出献血室。他问医生为什么不让他输血，问急了医生说，他的血不能拿来救人，还叫他到门诊做进一步诊断。冠海也不当回事，他自己给自己找理由，说是得了不传染的肝炎。半年后高烧不退，败血症。

冠群的血不合格，医生抽他的血，他酒都还没完全醒。医生说拿你的血去救人，病人会病情加重，他很不服气，说等酒气过了再来献。医生说就你这样，三天酒劲都不会过。

瑞明的血不合格，他在八度屯做清洁，搞卫生，人矮小，不到九十斤，医生的针头已经刺在他的血管里，突然发现他其实是个儿童样的中年人，医生也是太急了，没有注意到救人心切的瑞明根本就不该来这里。

赵力钱的红脸庞引起医生的误会，差点不让他进献血室，他用力地朝医生哈气，我喝酒了吗，酒气在哪里。医生这才对他进行抽血前的测试。

……

还好，有十个人的血合格。这十个人就承担了另外十个人未完成的事情。本来一个人抽200CC，后来十个人，一个人抽300CC。回到八度，也没有人把他们当英雄般对待，好像这一切都是应该的。很快，他们又各自回各自的工地。

忠深说，这么多年，八度死去的人当中，就是赵力钱最可惜。

建民说，八度屯死哪一个都可惜。

忠深说，一个老娘，两个孩子，他一死，老婆就改嫁。

建民说，一条命后面，就是几条命。我们也是一样啊。

两个人的眼里就浮现出赵力钱那张红脸庞。

这张脸出现在北海的老街。海边的太阳晃眼，加上天生的红脸庞，赵力钱显得英气十足。赵力钱干活时喜欢戴墨镜，衣服也比其他人穿得好一些。如果不是身上湿漉漉的汗水，光从穿着打扮上看，跟北海任何一个办公室里上班的年轻人没什么两样。让八度屯所有年轻人羡慕的是，一个北海姑娘看上他了。北海姑娘的父亲是渔民，她家在海边，有一栋小楼房。她在老街卖凉茶，干活累了的赵力钱经常去那里买凉茶喝，一张异于常人的红脸庞吸引住她。

你的脸为什么这么红？她问。

干活干的吧。

炼钢炼铁，都没有这么红。

他们说是高血压，脸才这么红，我去医院检查，血压不高，他们说是毛细血管太发达，叫我挤痘痘时不要太用力，小心血喷出来。

女孩就笑了，说，这样很健康。那时女孩还有男朋友。这是赵力钱在这里买第十杯凉茶时他们的对话。到赵力钱来买第二十杯凉茶的时候，女孩就没有男朋友了。女孩看他的眼光也有了变化。他来买凉茶时聊天的时间就长起来了。

来北海什么都好，就是吃不惯海鲜。赵力钱讲假话，工地上哪有海鲜给他吃，他乐观，也根本不把在工地上能不能吃上海鲜当成一件事情。就像很多不出名的人说出名很累那样，就是图个虚荣，就是不肯在人前矮下去。

女孩也不戳穿他，说，那你女朋友想吃海鲜怎么办，你总要请她吃吧，然后你就看她吃，你在一边吃咸菜？

赵力钱说，我哪里有女朋友，如果有女朋友，不说是海鲜，就是毒药，我都吞得下。后来，他真的就成了八度屯吃海鲜吃得最多的人。

女孩带他到海边自己家，她父亲的船刚刚靠岸，女孩就带赵力钱上船帮忙。女孩的父亲看见女儿带着个红脸膛的后生上船，比自己打到一条大鱼还兴奋，女儿失恋后要死要活，害得他出海都提心吊胆。

比上次那个强。他说。

女儿说，那当然，不强的话，我怎么敢带他回来。女孩的上个男友是个保险推销员，家在市区，成天衣冠楚楚约人在有空调的房间谈业务，汗都很少见他出，是他抛弃的女孩，从心肝宝贝变成王八蛋，既然变成王八蛋，在街上随便找个人，都比他强。女孩这样想，女孩的渔民父亲更是这样想。

父亲说，以后，我带他出海。

赵力钱听不懂他们说什么，以为父亲在跟女儿说这次出海的收成。他不知道，自己成了今天这户渔民最大的收成。

我就是最牛×的海鲜！有一次他回屯里，跟屯里的人这样说。

确实是这样，在八度屯，你要娶到外地的女人，只有一条路，那就是当上门女婿，生的小孩随母姓。赵力钱不是这样，一切都跟八度屯娶外地媳妇的人反着来。我就是最牛×的海鲜。八度屯每一个人都相信。

女孩的父亲非常喜欢这个来自山区的女婿，他带他出海。

第一次出海是在秋天，刚刚上船的时候赵力钱很兴奋，以为是去公园坐游艇，随时都可以比划剪刀手喊耶。渔船启航不到二十分钟，他未来的岳父就在船舱的凉席上睡着了。赵力钱扭头看驾驶舱，掌舵的后生仔也在打盹，赵力钱问身边的人，这样驾驶船只，就不怕出事？旁边的人告诉他，只要没有风浪，就是没有人在驾驶舱，三天三夜都不会出事。但是大海哪有没有风浪的道理，离陆地越远，船越来越晃，驾驶舱里后生仔的头颅一起一伏，而他未来的岳父，也像是睡在摇篮里。赵力钱开始抓住船边的扶手。

陆地终于被水线代替，赵力钱开始心慌，远处的几片泡沫，都被赵力钱误以为是陆地，他想如果他们的渔船遇到不好的事情，他肯定朝那些泡沫游过去。浪越来越大，船越来越晃，赵力钱开始感到恶心，他憋着气强忍，千万不要在岳父的面前丢脸，哪里忍得了，他吐得翻江倒海，呕吐的声音盖过了马达的声音，红脸都变成了绿脸。

他们的船碾过巨浪，海水雨水似的横扫船上所有的人，妈呀，打鱼比种地辛苦多了。他想大叫，送我回去吧，送我回去吧。话到嘴边，又被他吞回去。船上所有的人都看戏似的看他的表现，他太菜了，当不了渔民。

回到陆地，女孩问赵力钱，天蓝不蓝？

赵力钱说，天蓝得好像要杀人。

海蓝不蓝？

海蓝得好像要死人。

以后还出不出海？

当然出啦！

后来他岳父就没有让他再出海。

结婚后，他不再去工地搭脚手架，而是到快递公司送快递。住在岳父家海边的房子里，他迷上了钓鱼。白天送快递，晚上钓鱼。电单车走街过巷，钓鱼竿起起落落，女孩两次怀孕，一儿一女出生，赵力钱在八度屯成为人们眼中的成功男人。他跟八度屯其他娶了外地女人的男人不一样，他虽然住在岳父家里，但是他不是上门女婿，他的儿子叫赵丹，他的女儿叫赵凤。

最后是喜欢钓鱼这件事害死了他。

暑假，他带老婆孩子回八度看母亲，刚刚下过大雨，池塘里不时有鱼儿跃起，赵力钱手痒，拿着钓鱼竿就去了池塘边。大鱼上钩，赵力钱用力一甩。鱼线扬起，缠在头顶的电线上。啪的一声，赵力钱应声倒地，他的头敲在池塘边的石块上。触电，加上头部重伤，顿时就不省人事。

那个在北海老街卖凉茶的女人，在自己老公的尸体前，猛打自己的脸，都怪我啊，他根本就不想回来，要带孩子上北京，是我逼他回来看奶奶，现在人就这样没有了。千不该万不该，叫他回来看奶奶。接下来她骂八度屯，这是什么样的地方啊，电线那么低；这是什么样的地方啊，路上全是石头，摔个跤就是一条命。接下来她骂赵力钱，你就这么爱钓鱼，在海边钓不过瘾，来这个鼻孔大的池塘钓，把命都赔了。女人甚至出现幻觉，她捡起石头砸向池塘，要我老公的命！要我老公的命！不知道是骂鱼还是骂池塘。她讲的是北海话。八度屯的人没有一个人拦她，他们让她尽情发泄，他们知道，一个人的悲伤，如果不能完全释放，以后就会得病。女人把所有能扔的石头都扔到池塘里，池塘静悄悄的，没有一条鱼敢跃上水面。

忠深和"敢死队"赶了过来。

你怎么就死了呀，野马镇五合乡八度屯赵力钱……"敢死队"的唱词，又一次在可怜的八度屯响起。

从此以后，八度屯的很多人，看见或者听见"海鲜"这两个字，都想到可怜的赵力钱。还好，他讨了一个好老婆，那个海边的女人，两个孩子的母亲，把孩子的奶奶接过去跟他们一起生活。赵力钱的母亲开始死活不愿离开八度屯，她的媳妇说，赵丹、赵凤离不开奶奶，你不去帮忙，赵丹、赵凤怎么办。她拿孙子孙女来动员奶奶，其实她是担心，奶奶一个人，谁来给她养老送终。现在，他们一家带着奶奶在海边生活。奶奶一辈子没走出野马镇，因为死了儿子，一下子就看到了大海。

她将长命百岁。

……

红脸庞的赵力钱在忠深和建民的眼前消失。建民说，如果他不去海边，就不会喜欢上钓鱼，那样的话，你少吃一个猪头，他也多条命。

但是他在八度屯，就有可能讨不到老婆。忠深说。

这个时候，是忠深加入"敢死队"，做了十场法事不久，还算是新手，大凡新手，总喜欢讲跟自己职业有关的事情。

太惨了。他说，你要好好养猪，我要好好当"道公"。

二十

李作家去探监。

柳城监狱，忠深身穿灰底白杠的囚服出现在接见室。

建民对李作家说，领导，这就是忠深。

赵忠深，八度屯的屯长，因聚众斗殴致人死伤，被判有期徒刑五年。五十岁上下，矮个子，小眼睛，就是正在服刑，也透出一副犀利的劲儿。

忠深，李领导来看你，他来我们屯扶贫，听说你坐牢，他就来看你。他用土话跟忠深讲，忠深的脸堆出笑容。好像李作家现在来接他回家。

忠深这张脸，就是八度屯著名的名片。各级官员一看见就头疼。

当李作家跟建民说要来看忠深时，建民说，这样最好了，以前是他带头，现在轮到你带头，你去看他，跟他取取经，也算是新老交替。李作家哭笑不得，建民真的把他当成"带头大哥"了。李作家说，我可是政府派来的啊。建民说，你跟他们不一样，你肯定跟我们站在一起。

李作家知道自己几斤几两，他最多能做一个"减压阀"。只要不违反纪律，我尽量两边都说好话，这是他刚来时给自己定下的调调。

在柳城监狱接见室，忠深和李作家温柔地对视，李作家说，你好忠深。

你好领导。谢谢你来看我。

建民抢话，领导给你存了五百块钱，你想买点什么就跟警官申请。家里面都很好，你就放心坐牢。这个领导很厉害的，跟县里那帮混蛋不一样，肯帮我们做事，你就放心坐牢，还有两年，两年很快的，哪里都是做工吃饭，你就放心坐牢，听讲你在这里养猪，我现在也在八度旧工棚那里养猪，五十头，你回去后我们可以合伙，你就放心坐牢……如果不是身穿囚服仍然显示出大哥风范的忠深用摆手制止他，他会一直"你就放心坐牢"下去。

李作家说，你在这里怎么样？

忠深说，养猪，一头都不死，很科学。

李作家关心他是不是被人欺负，在人们的印象里，每个牢房，都会有牢头，想欺负谁欺负谁，李作家也一样，担心他被欺负。

李作家说，你跟其他人的关系怎么样？

很好的，交了几个好兄弟。忠深马上明白李作家的意思，说，现在的牢房，不像电影那样，没人敢嚣张，谁厉害，都比不得警官厉害，我们这里是文明监狱。忠深说。

李作家说，那就好。

忠深说，领导，八度就靠你了。忠深的话跟镇长韦文羽的话一模一样。

李作家说，现在的政策好，政府是真的关心老百姓。

忠深不出声，在这里他不敢说政府怎么样。忠深坐牢后，八度屯每户每年捐一百块钱给他家，作为忠深母亲养老看病的费用，八度人不管对错，谁替他们出头，他们就爱戴谁。李作家这次来看他，除了觉得忠深可怜，值得同情之外，也有一点私心，他也想让八度的乡亲们看到，他来探监，就是为了表明，他是跟他们站在一起的。

忠深说，八度的人不像他们说的那样坏，其实就是想多得些好处。以前这里开矿，什么人都见过，所以想法比较多，乡里、村里来开会，大家都是各说各的，谁都不服谁，所以你们就觉得八度很难搞。哪一家都有哪一家的难处，各家各户的难处最终都是各家各户自己解决，也不能全部都靠政府，这点八度每一个人都知道。也不要八度的人一提什么要求，就把他当刁民。

李作家心想，这个忠深不简单，他看得很透，不是不讲道理的人，如果他不坐牢，八度的工作可能会好做一些。

忠深又说，你要有思想准备，你进到哪一家，他们肯定是从头讲到尾，你主要听听就好了，他们讲得对的，讲得不对的，有道理的，没有道理的，甚至他们骂你，你都不要出声。但是你不要不去，你不去，他们的怨气没有地方消解，以后会更麻烦。至于你能不能解决，能解决多少，他们心里是清楚的。

李作家想，忠深是想让自己在屯里当孙子，这跟他自己想的做一个"减压阀"的道理是一样的。

李作家说，这个你放心，我负责八度的工作，以后肯定天天泡在那里。

探监回野马镇的路上，李作家的眼前出现八度屯很多人的面孔：忠涛、忠亮、忠奎、建敏、建堂、建刚、松林、瑞明、绍永、瑞生……还有那条叫二叔的狗。

他在心里说，好吧，接下来的日子，我跟你们混。

献给建民的诗

李作家开始了他在八度屯的"遍访"。

"遍访"是精准脱贫工作的基本功,上级要求每一位扶贫工作队员,必须要对自己负责的片儿,每一家每一户的家庭情况了然于胸,这样做的目的是为了防止错报和漏报——该享受政策的享受不了,不该享受政策的却得到政策的好处。

两个月的时间,一本厚厚的笔记本就记满了。

很长的一段时间,李作家对自己笔记本里那歪歪斜斜的字体毫无感觉,他的脑子里全是屯里人坑坑洼洼用不标准的普通话说话的声音——李作家刚到八度屯的时候,屯里人跟他交流,都是用本地土语,他们之所以这样做是因为他们对他没有任何指望,觉得他可有可无、来不来八度屯扶贫都无所谓,害得他成天举着个手机录他们的视频,之后拿去找村委赵主任翻译。后来因为他做了一些"好事",情况有所改变,为了照顾他,他们就坑坑洼洼用不标准的普通话跟他交流。

和那些声音比起来,李作家觉得自己记录的文字简直是苍白无力。李作家把这些声音称为八度屯的声响。

叙述者,赵建民,野马镇五合村八度屯村民,五十八岁。

话中涉及的人物按出场顺序，主要有：父亲、医生老满、村医忠光、妻子、女儿小芬、女婿劳修道、赌徒若干、儿子富程、教师秀月、秀月丈夫袁民政、工厂老板、儿媳妇李溪梦、骗子副县长。

八度屯的人呢，就是有骨气，有骨气的人直来直去，有骨气的人脾气大，三两句话就吵起来。吵归吵，该在一起吃饭喝酒还在一起吃饭喝酒，哪个人家里有什么需要大家去帮忙的事，该帮还是要帮。李作家，你听到他们讲我的是非没有？（李作家点头）哎呀，八度屯的人，有事没事，都喜欢说别人的不是。你不要相信他们，他们说的这些是非，他们自己也不相信，他们说别人坏话，只是图个开心、快乐。说我养猪多，为什么还享受扶贫政策，说我镶有金牙，还算是贫困户。我是不是贫困户，难道国家不清楚吗？难道国家瞎眼吗？你们比国家还聪明吗？我家地少，人多，爸、妈、两个孩子，后来加上儿媳妇，三个孙子孙女。我爸爸，他肝不好，一年到头都在吃药，他不吃正规医院的药，他一吃正规医院的药，就闹肚子，他也不吃本地土医的中药，本地土医他一个都不相信，他只相信天峨县坡结乡老满开的中药，天峨县坡结乡离野马镇几百里地，每三个月，他都要自己去拿药，寄来的他不信，别人帮拿的他也不信，他要到老满家，看他从药柜里将中药一味一味地拿出来包好交到他手里他才放心。如果吃正规医院的药，那倒不花什么钱，吃老满的药，开销大，每个月七八百，他一吃就吃很多年，跟老满都变成了好朋友，天峨县坡结乡变成他的第二个家乡。得了肝病之后，他就喜欢谈论坡结乡，不喜欢谈论野马镇，得了肝病之后，他的魂就在坡结乡，他的魂不在野马镇，坡结乡哪里多了一间房子他都非常清楚，野马镇就是新建一百间房子他都假装不知道。坡结乡是他的命，老满是他的恩人。每一次他只拿三个月的药，不多，不少，就三个月，刚刚从坡结乡老满那里回到家，他就期盼三个月后还能再去。他的命，就是三个月、三个月、三个月这样累加起来的。后来，唉，后来，有一次，那是最后一次，他又去坡结乡，平时他去坡结乡，前后需要三天，这一次去了三天，没有回来，那个时候没有电话，没见他回来，我慌了，赶紧去天峨县坡结乡找他，找到老满家，老满家只剩下一个灵堂，老满变成一张灵堂上的照片，老满死了，一个医生，死在病人的前面……一个医生，死在病人面前，你说惨不惨。我爸更惨，老满死后，我爸就没有魂啦，我领他从坡结乡回来，一路上，他不停地说两个字，完了，完了。回到家，就直挺挺地躺在床上，像是在等死。确实也是在等死，他不相信其他人开的药，不用掏钱的药不相信，掏钱买的药也不相信，我把忠光（村医）找来，翻之前还没来得及处理掉的药渣，从里面一味一味地拼药方，拼了一个晚上，终于拼出老满的药方。我和忠光去镇上拣药，拿回来熬，拿给我爸喝，才喝一口，噗就吐了出来，这个药不对，不要白费心思。他这么说。也怪我，当时老满的药我就该拿来尝一尝，如果那样，我就知道忠光的药到底是哪里不对，我爸说不对，我们只好重新去拼药方，重新拣药熬药，反复几次，他都说不对。忠光这个时候才醒水（明白），他说，只要不是老满拣的，就是拼得再对，也是错的，你爸的命，跟老满绑在一起了。坡结乡的老满是去看一个病人回来，突然一个炸雷，把他震翻在地，死了。怎么就这样死了呢？现在我一听到打雷，就想到天峨县坡结乡的老满，李作家，一个人，他的命，对另一个人的命，太重要了，好比老满和我爸，一个一死，另一个也不活了。我爸从老满家回来后，就不吃药了，每天直挺挺躺在床上，等死，不到三个月，就走了，去地下找老满开药方去了。你说，世界上哪里有像我爸这么顽固的人。我爸、我二叔、我大叔，很早就去世，他们没有一个人活得过六十岁，唉，父亲那一辈都不是很健康，六十不到都死了。我怀疑我家哪一挂坟有问题，请人去探，金坛里的骨头金黄金黄，他们在地底下都过得很好，不用我操心，我操心自己、我老婆、孩子和一群猪就好了。

　　我老婆不错，脾气太好了，好得都不像是八度屯的人，见人都是笑眯眯的，她脾气好，力气大，她的力气，比别的女人大太多，她去镇上帮人挑砖，男的挑几块她就挑几块，根本不把自己当女人。但是力气太大也不行啊，我劝她该偷懒就偷懒，又不是建自己家的房子，要爱惜自己的生命，挑砖头，挑跟其他女的一样就好了，我还让经常跟她出去做工的美琴监督她，美琴一见我，就说，你老婆今天挑砖跟我一样，我才放得下心。力气是自己的，用一点就少一点。这个道理都不懂，还做什么女人。

　　我大女儿小芬，跟她妈妈一样，干活也不会偷懒，也不会挑活做，本来一个女儿家，去明仕田园（一个乡村旅游项目建设工地），其他女儿家都是去种花种草，她呢，去清理污水道，那都是男人们干的活啊，八度屯没有一个女儿家去清理污水道。一身黑色橡胶服，从头套到脚，只露两只眼睛，很臭的污水堵在那里，她去疏通，乱七八糟的东西沤在那里，有些还得用手去掏，天下最脏最脏的东西她都见过。她不嫌弃这样的工作，也不觉得自己做得不对，八度屯的人都觉得她不正常，看她的眼神好像她去烧死人一样。我家小芬，才不管他们怎么看她，收工后，就换漂亮的衣服，我这个女儿，喜欢穿漂亮的衣服，喜欢打扮。她嫁得不好，嫁去新民屯，老公劳修道好赌，我女儿看上劳修道哪点？劳修道长相端正，小芬被他迷上了，清理污水道得来的钱，就交给劳修道，转眼他就输光了，我家小芬也不气恼，她是被他迷住了嘛，长得好看的男人有什么了不起？一赌就输，有什么了不起？我女儿小芬也不管自己的老公败家，她说，劳修道欠我的越多，他就越不会离开我。他妈的我的这个女婿，简直就是另一条污水道，我女儿给两条污水道耗上了，她简直就是拿钱买一个长得好看的老公嘛。干最脏最脏的活，喜欢穿漂亮的衣服，喜欢长相端正的男人，这就是我的女儿。她不管劳修道赌钱，我要管。怎么管？我先去劝劳修道，你不要再去赌了，劳修道笑眯眯的，他说，一个男人没有一点爱好不正常。劳修道不抽烟不喝酒，平时确实没有什么爱好，但是赌钱，这叫正常爱好吗？他怎么不去吸毒？不过，跟吸毒相比，赌钱算正常一点。我说你再赌，我就去报警。他说，听说抓进去要罚五千元。他什么意思？他的意思是罚的五千元最终还不是小芬来出，他不相信我会这样干。本来我也只想吓唬他，不会真的报警，但是他这么说，我就生气了，我说要不你试一试，他还是一副我会心疼小芬五千元钱，不会去报警的样子，他脸皮厚得很。那天，他跟见道、思道、念道，全部是他堂兄弟，这个道那个道的，在赌"三公"，我来到他们身边，当他们的面打电话给派出所小覃。他们几个听到我打电话给小覃，脸色大变，跑了个精光，跑得比老鼠还快。派出所的小覃来到现场，看见只有我一个人，骂我，是不是报假警，你想干什么？我说我打电话时他们就在我旁边赌。小覃更加火了，说有你这样报警的吗？你要报警，你就不会躲在暗处打电话吗？下次你还这样报警，我按包庇赌博处理你。他不知道我是做给劳修道看，并不是真的想报警。狗改不了吃屎，劳修道除了赌，还真的没其他坏毛病。他怕我以后不停地找他的麻烦，就来找我，他说，爸，你看我不顺眼就打我，我随便你打。我说你不赌钱你会死吗？他说会死，三天不赌心发慌，就觉得人世间什么意思都没有，想从山上跳下去。你说这是什么毛病？我把他的话说给小芬听，劳修道说不让他赌钱，他心发慌，想从山上跳下去，他真的是这样吗？小芬说，爸你别理他，他要赌你就让他赌。后来我才知道，这个野仔（野马镇口头禅，骂坏男人时就称他为野仔）他得了一种怪病，就是做什么都提不起精神，看起来游手好闲，其实心里很难受，每天想拿头去撞墙。他说他三天不赌会死，想从山上跳下去，我还以为他骗我，其实不是。这个野仔，出生在新民屯，新民屯以前是个土匪窝，以前交通不方便，剿不了匪，解放军干脆在四周修工事，围了他们三年，实在没有吃的，他们才自己出来投降,一个个野人一样。所以新民屯比其他地方晚解放三年,那些土匪,被围了三年,没有吃的,要保命,土匪跟土匪赌,赌性都长在血管里了,一代接一代。我的女婿,新民屯的,喜欢赌博是不是跟出身有关,问题是新民屯的其他人没有一个人跟他一样,三天不赌,就想从山上跳下来,不想活了,他们也喜欢赌,但是不像劳修道这样专一,他到底得的是什么病啊。开始劳修道还跟我说他的钱反正都是输给堂兄弟见道、思道、念道,这个道,那个道,因为他们负担重,他输他们钱,就当是帮他们担些责任。我家女儿小芬清理污水道,累死累活,挣的钱给他,他拿去输给别人,还说是帮别人担责任。我气不过,那个时候还不知道他得了怪病,以为他油腔滑调,抓他的胸脯,打他,他一点都不躲,那几个经常赢他钱的见道、思道、念道,这个道,那个道,站在那里,也不拦我,任我打他,你说我这个女婿,他都被人打了,他的这些堂兄弟,没有一个上来帮他。好在我也是做做样子,没有下狠手,我刚收手,他们的赌局就开场了。我女儿有一个靠赌钱来治心慌病的老公,你说,生活能好到哪里。现在我最大的心病就是劳修道,我怕他哪一天突然连赌博都厌倦了,去跳山,我家女儿小芬就变成寡妇了;要不就是被小覃抓去罚款;我还担心他哪天败光了家产。这三个结果,我不知道他等到的是哪一种。长相周正的男人，真是让我操碎了心。

相比我家女儿小芬，我家儿子富程好多了，他一路都碰到好人，他运气比我好多了，我没有我儿子富程这个命，富程一路都碰到好人。他碰到的第一个好人，就是我（建民笑了起来，他自己都觉得有点不好意思，但是他很快就严肃起来），李作家，你不要笑，你肯定爱你的孩子对不对，孩子碰到的第一个好人，肯定是爸爸了，有可能也是妈妈。我重男轻女，我不像很多人，明明喜欢男孩，还嘴硬，说喜欢女孩，我老大是小芬，老二我就想要个男的，果然是男孩，我就放鞭炮，请客，心疼他。李作家，你打过你的孩子没有？（李作家说打过。）你比我差远了，从小到大，富程都不知道我的拳脚长什么样，他再怎么惹我生气我都不会打他，在整个八度屯，我敢说只有我不打孩子，你说孩子是不是碰到好人了。八度屯最喜欢打孩子的前三名是许愿达、许四达、许路达，全是老许家的人，第四名到第十名至少有三十户人家去竞争。老许家的人很奇怪，天气不好打孩子，猪不吃潲打孩子，自己感冒了，都要拿孩子出气。所以你看，整个八度，就是他们许家——我也不是跟李作家你讲老许家的是非，你去问问整个八度的人，哪一家的人最爱打孩子，就是许愿达、许四达、许路达他们三家的人，天气不好打孩子，猪不吃潲打孩子，自己感冒也要打孩子。所以老许家的孩子,性格孤僻,许愿达的大仔,跟我爸一样,不相信世界上的任何一个人,我爸是生病以后才不相信,生病之后,我爸还相信天峨县坡结乡的老满,许愿达的大仔,他从小到大,看人的眼神都是凶的,五岁开始,谁要是递什么东西给他,他接过来就扔在地上,后来就慢慢地,不跟其他人玩,读完初中,出去打工,也是独往独来,没有人知道他在哪个地方干活。我敢说,他的手机没存有八度屯任何一个人的手机号码,我敢说,八度屯的人也不会存有他的手机号码,每一年春节,八度屯的人只见他两面,就是腊月二十几,他扛着包包从车上下来,和元宵节后,扛着包包上车,就这两次。他在哪里,过得怎么样?没有一个人知道,老许家的事,没有一个人知道。(李作家问建民,这样的性格,跟小时候挨太多的打有关系吗?)当然有关系啊,许愿达的大仔小时候的惨叫我现在都还记得,就像铁钉钻进手背,哭声突然就响了起来。别人家的孩子也会有铁钉钉进手背那样哭的时候,但是很快钉子就被拔出来啦,老许家的孩子不一样,钉子钉进手背之后,就留在肉里啦,而且一根接着一根,这辈子都好不了啦。你说,我家富程,遇到我这样的爸爸,是不是碰到好人了?当然我也有生气的时候,我生气的时候就喝酒,我不打孩子,我去打猪。随便怎么打猪,你都不能打孩子。孩子也是人啊。我家的猪,比我家的孩子怕我。特别是晚上,我一进猪舍,我家的猪都缩紧身子。这可能是我养猪养得不好的原因。

富程碰到的第二个好人就是他的小学老师韦秀月,韦秀月是野马镇最漂亮的女人,她老公是江苏的,转业到野马镇当民政助理,他只有一只手臂,脸上一道大大的伤疤,像蜈蚣一样,当年打仗负的伤。韦秀月当年主动给他写信,美女喜欢英雄,不管他受不受伤,都要嫁给他。他们没有孩子,韦秀月就把学生当儿子,我家富程不喜欢读书,八度屯很多家的孩子也不喜欢读书,其他家的孩子不喜欢读书,就被父母用棍子打回学校去。我没有,因为我是一个不打孩子的人,所以我家富程不想去学校,我最多说他几句,他听就听,不听就不听。因为这样,韦秀月来我家的次数最多。韦秀月一到我们家,就摸我家富程的头,她没有孩子嘛,还拿出糖果,我家富程也不客气,剥开糖纸就往嘴里塞,吃人嘴软,之后就乖乖地跟韦老师去学校了。一年级、二年级糖果还管用,三年级以后糖果就不管用了,我家富程又不去上学了。因为数学越来越难,不会解题,被同学笑话。韦秀月又成了我家的常客,她来辅导我家富程,都是在晚上,有时候她老公,我们喊他袁民政,也跟她一起来,韦老师辅导富程做数学,她老公来陪我喝酒,每次都带菜来,只要富程不去学校,他们晚上肯定就来我家。韦秀月一进门就喊，富程，数学哪一题又不会啦？袁民政跟在后面，他来跟我说，老赵，今晚有好菜，猪头肉。他们都太好了，如果富程做题做得快，他们就回家回得早，如果富程做题做得慢，他们回家就回得晚。袁民政一个伤残军人，一只手没了，走夜路，韦老师紧紧捏着那只没有手臂的袖管，慢慢走，慢慢走，我打手电筒送他们走一段，他们就赶我回来。他们就像到亲戚家串门一样。到哪里找这么好的人，跟我家无亲无故，没有啦，现在没有啦。我家富程后来到镇上读初中，也还是不愿意读书，韦秀月和袁民政，就让他住到家里，请镇上的老师辅导他，一直到初中毕业，我家富程不是读书的料，初中毕业就去打工了。如果没有韦秀月和袁民政，他最多读到小学二年级，只读小学二年级跟读到初中毕业比起来，那是换了一个人啊，富程后来懂道理，手脚勤快，脾气好，完全是因为多读了七年书，多读了七年书，完全是韦秀月和袁民政的功劳。韦秀月和袁民政没有孩子，他们把富程当成自己的孩子。后来他们调到县城，现在都退休啦。我和富程每年都去县城看他们，你知道袁民政喜欢收藏什么吗？刀具。正好富程在福建泉州的道具厂打工，各种各样好看的刀具，富程很便宜就买了，回来送给袁民政。有一回在火车站，富程连人带刀具被公安扣住了，要不是泉州的老板出面，富程要被拘留七天。

说到富程的老板，富程一回来就跟我夸他，我开始都不相信，打工仔夸老板，现在哪里还有这样的事，现在部下夸领导，都是拍马屁，想得到好处。我家富程夸老板，我相信那是真的，富程跟我讲，他们厂的这个老板，以前也先是在刀具厂打工，因为人老实，老板信任他，慢慢成了帮老板管厂子的"二老板"，后来老板不想做刀具行业，可能也是挣够钱了，就把刀具厂转给富程的老板，因为是从打工仔做起，他懂得工人想什么，也懂得怎么用人，像我家富程这样的老实人，他肯定就重用。（富程当上二老板了，李作家笑着说。）不是不是，富程不是管人的料，老板安排他负责管成品仓库，虽然工资不高，但是富程做得不错，一就是一二就是二，管仓库有损耗率，就是说一个仓库，可以有多少把刀具或者原材料找不到，不算是失职，很多人想来跟富程合伙，坑刀具厂的损耗率。我家富程不干。结果就挨打了。挨打也不干。他也不像是我们八度屯的人，八度屯的人，只要被人欺负，肯定就要还手。我家富程不是这样，他被人欺负，都是忍气吞声，他们打他，他就抱住头蹲在那里，只要工厂的损耗率没出什么问题，比什么都好，他也不报警，也不告诉老板。反正身上的伤都被衣服挡住，他们也看不见。后来还是要感谢泉州的警察，他们要破一个案件，调了很多地方的监控来看，其中就有富程挨打的画面，而且还不止一次，他们把这样事情告诉老板，让老板以后要经常检查工厂的监控，要不哪天出了人命麻烦就大了。老板这才知道富程为了工厂的损耗率，经常挨打，挨打了也不报告给厂里。老板感动坏了，就把自己老家一个亲戚的女儿介绍给富程当媳妇。他不提高富程的工资，而是给他介绍老婆。这比涨工资强。富程挨打的事情后来还是他老婆告诉我的。我问富程，你挨打，为什么不还手？富程说，他们人多嘛。你看看你看看，有那么多人想着工厂的损耗率。这多么可怕。我问富程，那你为什么不出声？富程说，出声又怎么样，不出声又怎么样，反正都是挨打。他不告诉我原因，后来他老婆告诉我原因，那是因为，他比较喜欢管仓库，害怕工厂知道他挨打，觉得他软弱，不适合管仓库，把他给换了。比起管仓库这个他喜欢的工种，别人的拳脚算得了什么。我家这个富程，软弱啊，有一回跟我喝酒，我又拿他挨打的事在饭桌上说，他喝酒喝高兴了，他说，挨打算什么，反正我身体好，随便打。开始我还觉得丢脸，八度人怎么会是这样，后来我想，幸亏我家富程软弱，打不还手，你想想看，他管的是刀啊，如果他脾气硬一点，他们打他，仓库里的刀都是他的武器，那还不得出人命。出了人命，就说不清楚了，那全家都要倒霉。幸亏富程软弱，我们躲过一劫。我估计，那个老板，就是看中他软弱,软弱的人一般有事都自己扛,不给工厂添麻烦,富程就是这样的人,让他去管仓库,最合适不过。这个老板真聪明。软弱的人有福气,富程在泉州找到媳妇啦。老板看富程脾气好,把老家亲戚的女儿李溪梦介绍给富程。李溪梦老家产茶叶,八度屯的人称呼李溪梦为茶叶妹,既然他们叫她茶叶妹,我们也不能太小气,富程带茶叶妹回八度的时候,人还没到家,一大箱茶叶先寄到。这是茶叶妹第一次来八度屯的见面礼,富程带着茶叶妹一户一户给村里面的人送茶叶,村里面的人说,如果茶叶妹家开金矿就好了,那样茶叶妹就叫金子妹,来八度后不是每家每户一盒茶叶,而是给每家每户一小块金子。他们想得美。八度屯几乎每一家,都有我们家送的茶叶。给茶叶就不错啦,蛤蟆还想吃天鹅肉,想要金子,金子谁会送给你们。

李作家,我还想跟你讲一件事,我家富程,喜欢蹲在地上,以前他不是这样,是去管仓库后才这样,这不是什么大的毛病吧,我们一家人在一起吃饭,好好的凳子,他不是用屁股坐在上面,而是用脚蹲在上面。一蹲一个晚上,开始我老婆还制止他,说大家都坐着,你为什么蹲在凳子上。他坐回凳子不超过十分钟,又蹲了起来。后来茶叶妹跟我说,老板带茶叶妹跟富程认识的时候,富程正蹲在地上,你知道为什么吗,自从他经常蹲下来给人打之后,他就离不开这个姿势了,整个人,一站起来松松垮垮,蹲下来就精神百倍。跟茶叶妹见面时也是这样,茶叶妹哪里见过这样的男人,没说几句话,就蹲在地上,茶叶妹转身就要走。老板当场骂富程,老板说,以后只要是见到李溪梦,你就要站直了,因为她是你的老婆。富程开始还不习惯,经常被李溪梦从地上提起来,李溪梦骂他得了软骨病,不像个男人。富程也不气也不恼,该蹲还是蹲。李作家,你肯定听过这样的故事。(李作家说,什么故事?)一个好玩的故事啊,还是屯长忠深跟我说的,(一九)九几年的时候,有一个人,带着介绍信,来到县里,说是上级派他来地方挂职,当上了分管工业的副县长。他进工厂、下基层,本来要倒闭的几个厂,都给他救活了,成了县里的能人。这个副县长有一个特点,喜欢一个人吃饭,一到吃饭的时间,就叫秘书打饭菜到他的住处,出差在外,也是如此,跟比他官大的人吃饭呢,他久不久就上厕所,说自己肠胃不好。时间一长,有些人对他平时吃饭独往独来、跟官比他大的人吃饭久不久就上厕所很好奇,这些人主要是县里的秘书,那帮秘书经常挨县领导骂,多多少少对领导有意见,经常交换领导的各种见不得人的事,没事就凑在一起,拿领导来开心。他们给这个副县长的秘书安排一个工作,就是让他了解领导为什么喜欢一个人吃饭,为什么不喜欢跟大家一起吃饭。没过多久，秘书就查出来了，有一次到乡下出差，吃饭的时间到了，秘书把饭菜送到副县长的住处后，没有马上离开，秘书透过乡政府招待所木头窗户的裂缝，看副县长是怎么一个人吃饭的，不看不知道，一看吓一跳，这个领导，他端着饭碗，蹲在墙角，猛地往嘴巴里刨饭，像个饿鬼一样。这哪里像个县官，这简直就像个犯人。怪不得他不喜欢跟大家一起吃饭，原来他有这个爱好，吃独食。秘书回到县城后，把这个发现告诉其他秘书，很快，副县长吃独食的事情就在县里传开了，他跟比他官大的人吃饭为什么经常离席上厕所，就是因为吃不了独食，紧张，引起肠胃不适，才需要那样做。县里主要领导单独找到他，还开玩笑般地提醒他，饭，可以一个人自己吃，但是也要注意吃相。你猜，后来怎么样？（李作家也知道这是怎么样的一个故事，这个故事很早以前就广为流传。李作家为了照顾建民的感受，故意摇头说不知道，还问，后来怎么样？）后来这个副县长就消失了，跑掉了，他是骗子，刚刚劳改释放出来，改不了牢里面吃饭的习惯，就是当上副县长也是这样。他没想到因为他狂吃独食暴露了他是一个骗子。他跑掉后很多工厂都觉得可惜，觉得损失了一个好官。后来他被抓，又被判刑，还有工人想去探监呢。李作家，你说，我家富程，是不是也跟他一样？挨打以后都不习惯站起来了?(李作家说,那根本不是一回事,那个人是个骗子,富程是工厂的功臣,跟他不一样。)村里面的人经常拿他跟那个骗子放在一起比,他从福建回来,一进村,他们就说,县长又回来了。我家富程脾气好,怎么说他,他都是笑眯眯的。哎呀,喜欢蹲他就蹲吧,只要身体健康,什么都不怕。我们家的人虽然负担重,全靠有好的身体,才撑得起来。老天很公平的,哪一家要吃多少药都分配好了,可能是我爸吃了太多的药,老天就不让我家其他人吃药了,医院想挣我家一分钱太难了。(李作家看见吃饭的桌子上放有一瓶药酒,笑着说,这不是药吗?)这不算药,这个喝了有力气,我为什么喝这个,因为养猪嘛,家里蚊子特别多,喝这个酒能治蚊子,喝这个酒后,蚊子就不敢来叮啦,你说神奇不神奇,比灭蚊片还管用。喝多了就上瘾了,你说,我跟我爸是不是有点一样,我爸依赖老满的中药,我依赖这个药酒,现在就是没有蚊子,我也得喝它,这样身体才健康……富程的老婆茶叶妹也很争气,她给我家当媳妇,从此我家人丁兴旺,她和富程生了三个小孩,老大是女儿,老二老三是双胞胎,男仔。人丁是兴旺了,但是苦日子也开始了,富程一个人打工,他老婆管小孩,三个小孩,三个老人(建民、建民妻子、建民母亲),人均收入没达标,就变成贫困户了。我为什么是贫困户,这不明摆的事情吗?难道国家糊涂吗？难道国家眼瞎吗？国家聪明得很……

  建民，一个镶有金牙的贫困户，说话的时候嘴巴里有个小太阳。最后他说，我嘴里镶有金牙又怎么样，我家这么多人，全靠富程一个人打工，我的嘴巴就是镶满金牙，也挡不住我家成为贫困户。他理直气壮。
  李作家好久没有这样听一个人讲自己家中的事情了。
  在"遍访"的日子里，几百个建民在他面前滔滔不绝。
  他脑子里人潮涌动。
  好大的动静。
  后来，李作家写了一首蹩脚的诗，题目叫《献给建民的诗》，摘录如下：

献给建民的诗

感谢你开口说话。我是个作家，出身卑微。请让我写

写你的父亲

他已死去。我仍然看见他在回八度屯的路上

他的世界只剩下药

你父冠恩，有一个叫老满的朋友

相隔几百里

拣药，吃药
一个死于雷劈，一个死于肝大
八度屯的日子，水瘦山寒

感谢你开口说话。我是个作家，出身卑微。请让我写
写你的妻子
我也有妻子
我也想说
挑砖的时候，该偷懒偷懒
别人挑多少，你就挑多少
我们的力气，用一点就少一点

感谢你开口说话。我是个作家，出身卑微。请让我写
写你的女儿赵小芬
名仕田园再美也美不过赵小芬
只露出眼睛的橡胶服，污水浸泡，清水洗刷
人世间的衣裳不止这一身
有紧身衣，还有牛仔裙
嫁得不好又怎么样
只要喜欢

赌徒照样可以托付终身

感谢你开口说话。我是个作家,出身卑微。请让我写
写你的女婿劳修道
我想对他说
长相端正的男人命苦
想赌你就赌吧
要爱你的女人
祝你天天好手气

感谢你开口说话。我是个作家,出身卑微。请让我写
写你的儿子赵富程
人的一生,总有无数顿拳脚在前面守候
不是在童年的八度屯
就是在泉州的刀具厂
软弱的人万岁万万岁

感谢你开口说话。我是个作家,出身卑微。请让我写
写美丽的教师韦秀月
还有她的老公袁民政

世界上总有美好的人事
移动的镜子
让你站在跟前
看出自己的人形
喊出自己的名字

感谢你开口说话。我是个作家,出身卑微。请让我写
写你的儿媳李溪梦
八度屯最远的亲戚
茶山飘来的女子
三个儿女的娘亲
可惜岁月
将耗干你的全部

感谢你开口说话。我是个作家,出身卑微。请让我写
……

家事

一

那时候，李作家还没有来，很多故事，正在他不知道的地方发生。

春天，八度屯的雨水开始有了重量，米粒一样，落在美珠搭的塑料棚上。

雨水米粒一样在棚顶汇集，美珠用手中的棍子往棚顶上捅，哗，雨水滑落，惊心动魄。

塑料棚边是她老公的坟墓。

坟墓，陋棚，女人，加上米粒般的小雨，春天凄艳的山冈，人事缥缈。

哀愁之中，肃穆之中，美珠要陪自己的丈夫最后一程。

在坟边搭棚，陪坟墓里的人七天，不说八度屯，就是在整个野马镇，那也是只有在古代，才发生的事情。七天，在野马镇的传说里，那是地上到天上的距离，那是非常危险的一段路程——亲人上路，总要等到他安全抵达目的地，家里人才安心。现在的野马镇，已经没人相信有这么一条路，美珠也一样不相信，人只有一辈子，不会有两辈子，人世间的路已经很凶险，天上的路有还是没有，谁还顾得上呀。美珠现在这样做，是因为这个男人太好了，只有这样，她才觉得对得起他，她不管什么古代和现代，不管地上到天上有没有路，她希望她的男人安安心心睡在她身边的泥土里面，他太累了，就不要在任何一条路上折腾了，不管天上的路还是地上的路，都不要。

> 从来没说一句狠话
> 被人欺负
> 只会回家喝酒
> 没有扛不住的事
> 死在坡上
> 埋在坡上
> ……

如果谱上野马镇山歌的调调，一个男人的形象会从歌声里跳出来，你会觉得，这样的人，值得亲人在坟边搭棚，陪他七天七夜。

美珠在米粒般的雨水中看见，那个给自己买新衣服的男人，他的面孔含着羞涩，那是哪一年了？机声隆隆的年代，两个异乡人，在广东相遇，他们是这个国家，第一代打工者。两个人没怎么说话，磁铁一样吸在一起。美珠有三个母亲，你们不要误会，她不是被卖三次，她是雪地里的弃儿，被三个不同村庄的孤寡女人先后收养。美珠是她后来的名字，之前她叫赵小花，从北方到南方，是想见外面的世界。在北方老家，她遇到三个女人，成了她的妈妈——她们前赴后继，一个接一个把她带大；在南方，她碰到一个男人，成了她的丈夫。这个男人真好，处处护着她，脾气好得不可思议，开心的时候眼睛眯成一条缝，遇到不好的事，则牙关紧咬，就是遇到欺凌，也逆来顺受。国家的第一代打工者，刚从乡下来到城里，凄惶、落魄，满眼只有生计，恋爱成了天大的好事。男人也是个孤儿，在人群之中，孤儿和孤儿之间，不是互相躲闪，就是容易亲近。条件太差了，工厂里没有适合约会的地方，两个人约会，只有到城市郊外的水泥管道里，他们的儿子赵拉浪，就是在水泥管里怀上的。赵小花大着肚子跟她的男人回野马镇八度屯，男人给她上户口，赵小花改成赵美珠。一过就是三十年。

　　美珠在米粒般的雨水中看见，她的男人背着儿子赵拉浪在田里插秧。在八度屯，每家每户都会有一块背孩子用的棉布背带，红色，将孩子紧紧裹在背上，小孩舒服，大人喘气。美珠有腰疾，背孩子的任务就交给男人，在八度屯，这个男人是唯一背孩子的男性——在家中他背孩子，在地里他背孩子，在大晴天他背孩子，在下雨天他背孩子。孩子的腿由短变长，孩子的手慢慢粗壮，男人和美珠也由青年变成中年。

美珠在米粒般的雨水中看见，八度屯一堆男人中间，她的男人坐在角落，等着一场丧事最后时刻的到来，鞭炮声响起，起棺——他是抬棺材的四个人中的一个。不同的丧事，其他抬棺的人变来变去，只有他一个人不变。他的身影，在鞭炮的硝烟中若隐若现，八度屯每一个故去的人，身上都留有他抬他们上山的力气。

美珠在米粒般的雨水中看见，屯长赵忠深冲在前面，一群人扛着木桩跟在后面，奉备村的人也在那里，他们的木桩，早就钉在那块有争议的土地上，拔桩、钉桩、钉桩、拔桩，两个屯的人你来我往，推推搡搡，很快，场面就失控了，屯长忠深被推倒在地，人群乱成一锅粥。本来一家一人参加这场"战斗"，他们家是美珠。在屯里，遇到事情凡是需要每家每户表态、拿主意，都是美珠出面，这一次也不例外。忠深召集大家，美珠跟在后面，他们自己的土地，寸土必争。混乱的场面出现，人群里浮出美珠男人的身影。两个屯的人开始使用木棒互相殴打，后来用锄头和月刮。锄头、月刮在半空中飞舞。美珠的男人躺在血里——锄头、月刮，晃动的头颅，这是他看见的人间最后的景象。

美珠在米粒般的雨水中看见很多很多。全是这个男人受苦的情形。

哗，棚顶聚集的雨水再一次滑落，美珠在心里对男人说，等案子了结，我要跟拉浪去城里了，他一个人，我不放心。

米粒般的雨水中，八度屯的房子在黑暗中起起落落，一连七天，很多人看见，坡上有一星灯火。已经很多年，八度屯没有鬼火出没，而这一星灯火，成了这个春天八度屯唯一的鬼火。

二

半年之后，美珠的儿子赵拉浪回到出租屋，开口的第一句话就是：妈，我有女朋友了，是贵州的。

油太烫，菜锅辣辣地响，听到儿子嘴里有女人出没，美珠心里一紧，感觉自己家要出更大的事情，她赶忙用冷水浇灭锅中的声响。

儿子没有得意的神色，倒是像犯了天大的错自己处理不了，请求帮忙。野马镇的人啊，谈个恋爱也是战战兢兢。

是厂里的吗？美珠问。

不是。

是朋友介绍的?

不是。

天上掉下来的?

儿子不出声,他在想怎么回答他的妈妈,因为这件事情有点棘手。

也就是一个月之前的事情,赵拉浪去小餐馆吃饭,一碗云吞里面,有一只苍蝇。赵拉浪平静得很,用勺子盛起来,悄悄地处理到桌子底下。他的位子正好是在楼梯旁边,一个女人正从楼上下来,她看见拉浪用勺子打捞苍蝇,脸就红了,她是个服务员。拉浪很快注意到这个从"天上掉下来"的女人,两个人四目相视,各自都不好意思,就像隐私被发现一样。

她说你不要吃了,我拿去倒掉,叫他们再给你煮一碗。这个小饭馆是这个城市著名的"苍蝇饭馆",经常有吃客因为苍蝇跟老板打起来,也怪不得老板,这一带是拆迁区,其他饭馆都搬走了,只有这一家还在开。这里的卫生,基本没人管,排污管爆裂很久也没人来处理,脏和臭就成了理所当然的事情。敢在这样的地方开小饭馆,老板也是有勇气,反正小饭馆也蹦跶不了几天,卖一碗是一碗,打架又怎么样。

赵拉浪说,倒掉多浪费,不就是只苍蝇吗。赵拉浪想到自己在家的时候，八度屯，家家户户养猪养牛，很招苍蝇蚊子。八度这样的自然村落，排污是个大问题，污水基本上都是沿着墙角往下流。夏天和秋天，每家每户的餐桌上，都摆着粘苍蝇用的"神器"——吸蝇片，那张灰色的纸片，只要苍蝇落在上面就被粘住，往往过不了多久，一张灰色的纸就变成一张黑色的纸。跟八度屯比起来，一只苍蝇算得了什么，所以云吞不能倒掉。

不不不，我已经看见了，只要我看见了，你就得换一碗。女人说。

拉浪以为这个女人好心肠，为顾客着想，心里面一暖，就更加不想那样做了。不要紧的，又不是毒药。举着碗就要喝碗里的汤。

别别别，千万别。

碗到嘴边又停住，拉浪说，哎呀，人啊，真没有那么金贵，不干不净吃了没病。

不是你病不病的问题，是我看不得你喝脏了的云吞。

你是担心我中毒？

不是。

那是为什么？

如果你吃了，我就会恶心、难受。女人说。

拉浪不知道这个女人为什么会这样，将信将疑，他突然想检验一下女人的话是真是假。猛地喝了一口汤，这下可好，女人捂着嘴飞奔到门外，呕了起来……

拉浪慌了，赶紧来到她身边，对不起对不起，你再给我换一碗新的吧。

想得美。你你你，你走吧。

拉浪觉得奇怪，自己只是喝了一口汤，女人就变成这样，也不好掏钱再买一碗，他饿着肚子离开小饭馆。

她是个怀孕的女人，看不得别人吃脏东西。

他们是苍蝇结的缘。

在出租屋里，拉浪对美珠说，她人很好，很勤快。

美珠说，身体怎么样？

拉浪说，在饭馆里干活，一天 12 小时。

美珠眼里就出现饭馆的墙上一排绿色的健康证。身体不好，肯定不能在饭馆打工。她很放心，说，那就赶快把事情办了。

拉浪支支吾吾，哪有那么容易，哪有那么容易。他说。显然有女朋友也不能让他高兴起来。真的是这样。女人是个孕妇，怀着别人的孩子，拉浪刚刚陪她去私人诊所做完人流，在她的宿舍，给她熬一锅鸡汤，就回来跟美珠说自己有女朋友了，之前他没有说，是因为女人肚子里有别人的孩子，那时他开不了口。

美珠看到儿子有心事，也不追究，她想到自己当年和拉浪的爸爸在城里认识，他也是这样心事重重。

美珠说，那就先谈，不要被骗了就行。

拉浪说，不会的，她人很好。

其实好不好拉浪心里没有底。

女人瘦、黑，只要是不认识的人，她看他们就会眼露凶光，有点不像是能跟一个男人过日子的人。那天在楼上看到一只苍蝇在拉浪的碗里挣扎，她先是破罐破摔的眼神，接着看到面善的拉浪，眼神就变得柔和起来，看见拉浪要喝碗里的汤，她肚子一阵翻腾——不是她见不得这样的情形，是肚子里的孩子拒绝拉浪这样做。

几天后在小饭馆，拉浪小心翼翼，一只手端云吞，一只手赶苍蝇。女人就看上他了。眼里的凶光都给了陌生人。

跟一个怀孕的女人谈恋爱，拉浪得小心翼翼。也是奇怪，平时走路都是低着头的拉浪只要是跟这个女人在一起就像变了个人似的。竹筒倒豆似的说话。专门说好的事情。

拉浪说，去年，我们工地上，有好心的人，给每一个工区的宿舍，都装了电热水器，你看，这是多么稀罕的事情啊，以前没人管我们。这不是老板干的，这是好心人干的。

老板不可能干这个事，不管是大老板还是小老板，只要想怎么挣钱，就要想怎么省钱。女人说。

你说得对，电热水器用的电费，从工钱扣。不过也没多少，冬天干活累，能洗热水澡，比什么都好。拉浪的声音里有喜悦。这些年一直洗冷水澡，突然洗热水澡，拉浪把这当成一件大事。因为他们工地上也有女工，那些女工，冬天的时候，从你身边走过，都会有一股不好闻的气味。

装了以后怎么样？女人问。

很好啊。

就没有什么麻烦事？

哈哈哈哈，拉浪笑了起来，哦，知道了，麻烦事也来了。

什么麻烦事？

打架了嘛，一台热水器管十五个人，两个宿舍的人，有人五分钟洗完，有人洗半个小时，你说能不打架吗？两个宿舍，一个宿舍住贵州人，一个宿舍住广西人，开始是广西人和贵州人对打，后来是广西人跟广西人打，贵州人跟贵州人打，很多时候，光着屁股就受伤了。

如果是我，干脆剪掉电线。女人说。

有人这样干啦。

我就知道。这个女人喜欢说，我就知道。

后来又接上啦，两个宿舍的人开会，抽签洗澡，在洗澡房门口挂一截废铁，每个人只能洗八分钟，洗到六分钟的时候，外面的人就要猛敲废铁。有时我懒得等，装三桶冷水，淋三桶冷水，就去钻被子，暖和。

我就知道。

女人看见这么一件小事情都让拉浪这么激动，心想这是个容易满足的男人，不贪，如果跟他处朋友，那他还不高兴成什么样子。女人比拉浪早一些来到城市，刚刚经历男人离开，心里苦得很，所以她跟拉浪相反，喜欢说些不好的事情。

女人说，给你装个热水器，你也不要激动，这跟很多人一边念经、一边买鱼去河边放生一样，是图自己平平安安。

拉浪说，那当然，好人一生平安嘛。

只有你相信这个。女人说，我的一个姐妹，在长湖路的京辉花园给人当保姆，那家的女主人喜欢买很贵的鱼去邕江边放生，每个星期一次，后来自己懒得去，就叫我的姐妹去买鱼，拿去放生。有一次，我的姐妹骑着电单车跟出租车相撞，我的姐妹没事，鱼从水桶里甩出来被出租车压烂。回去的时候跟女主人说，女主人听说鱼没了，非常生气，好像出租车压的不是鱼，而是她家的什么人。女主人破口大骂，说要是自己和家人有个什么不好的事情，就要我的姐妹负责。我的姐妹吓坏了，连夜拣包袱离开她家，连当月的工钱都不要。你知道吗，女主人家有个瘫痪在床的奶奶，情况本来就不好，我的姐妹担心万一奶奶有个三长两短，女主人怪到她头上，她哪里担当得起。

拉浪觉得这样的事离他很远，如果是他替人拿鱼去放生，半路出事，鱼死了，那他肯定会重新去买鱼，再拿去放生。他把自己的想法跟女人说了。

女人说，你想想，万一路上出事，死的是你呢？

拉浪说，那只能怪自己运气差。

你啊，太老实了，如果是我，捡回一条命，死里逃生，还管什么放不放生，赶紧滚回去，说都不要说，反正谁也不知道。女人说。

女人倒是很坦荡。

拉浪觉得她说得也有道理，她怎么说都有道理。

女人说，反正你做什么都要多一个心眼，在街上走，不单要小心前后左右的车辆和人群，也要小心头顶那些密密麻麻的阳台。保不住什么东西哐当就砸在你的头上。

这个时候女人妊娠反应很厉害，她说这些事情的时候很费体力，讲的都是这个城市不好的事情，好像自己把这些事情都经历了一遍。她手边放着一瓶酸甜饮料，久不久就喝一口。她跟那些怀孕的女人不一样，那些怀孕的女人，久不久会摸自己的肚子，她不这样干，怀孕就怀孕，为什么要摸自己的肚子。

她显得比拉浪知道的多。拉浪这个愣头青，正在一步一步往她怀里钻。

他终于离不开她。

三

八度屯157户人家，该结婚讨媳妇的至少有50个青年，现在散落在城里的各个工地，想女人想得心发慌。八度屯的孩子讨不到媳妇，美珠心里很清楚。

美珠面前的这个女人，脸上有了血色，这几乎是拉浪的功劳，他每天给她炖鸡汤，把能想到的物美价廉的补身体的办法都用上了。拉浪对女人说，我妈很好的，你说什么，她都不会生气。现在她坐在她的面前，丝毫没有媳妇要见婆婆的羞涩，她冷冷地看未来的婆婆，完全一副前来谈判的派头。

为什么会这样？

这个在苍蝇饭馆打工的女人，她的过去是谜，有一回她说她是贵州的，有一回她又说自己是云南的，还有一回是四川，这三个省轮流在她嘴巴里出现，每一回拉浪都相信。反正三个省都挨在一起，三个地方的话也差不多，就是她说她是山东的，拉浪也一样信，山东又怎么样，反正都是祖国的天下。

在美珠面前，她把她跟拉浪说的话又说了一遍。

她说，我没有父亲也没有母亲，没有兄弟也没有姐妹，以后你们要对我好一点。你们啊，可省了天大的事了，不用送彩礼，不用提亲，也不用摆酒席，我就自己送上门来了。

美珠还是第一次碰到这么冷冰冰跟她说话的女人。她的心里极不舒服，她心里想，没有父亲，没有母亲，也没有兄弟姐妹，那不是流浪猫是什么？但是她脸上依然堆着笑，她说，你看上拉浪，委屈你了。

她说，我跟拉浪，可能也不长久。

美珠大吃一惊，你你你你，为什么？

她说，我不会跟你们回乡下，我为什么说我跟拉浪不长久，是因为你们迟早会回去。你们想让我长久待在你们家，你们就要一直待在城里，忘了野马镇八度屯。

美珠想，她的这个要求也不是很过分，现在很多年轻人待在城里，已经不习惯老家的生活。管她呢，先答应她，等生了孩子，坛坛罐罐，叮叮当当，城里的各种麻烦会一件一件找上门来，到时候回去不回去就由不得她了。

美珠说，城里这么多的活需要人来做，我们三个人一起挣钱，在城里生活肯定没有问题。

女人说，我的要求就是这两点。

美珠觉得奇怪，以为她还会提出什么更具体的要求，比如所有的钱都归她管，比如只生孩子不做家务，比如还要在城里买套房子。美珠觉得自己有一点了解她，其实她提的这两个要求也不算过分，是每一个女人都会考虑到的事情，只不过她是代替自己已经没有了的父亲、母亲说出来，代表或许根本不存在的兄弟、姐妹说出来。她为什么会说出来，因为她刚刚失掉一个孩子。她觉得自己很不安全。但是美珠又觉得，她说了，跟没说有什么区别？谁知道以后怎么样？

美珠说，你说的我跟拉浪都能做到，你就放心好了，在这个家里，只要你跟拉浪两个人好好过日子，可以不看我的脸色，我不会像其他婆婆那样，对你指手画脚，让你累死累活。

谅你也不敢。说完女人笑了起来，家里的气氛就好了很多。

但是女人很快又收起笑脸。我知道的。她说。

她知道什么？美珠不知道。

美珠在收拾小区里的垃圾,她看到一个纸箱子倒着放,箱子上的高脚杯图案头朝下,她心中一惊,马上把纸箱倒过来,让那只高脚杯头朝上。然后她轻轻把它压扁,拿回小区存放清洁器械的储藏间——那里已经有无数只被压扁的纸箱,被绑扎带捆在一起,这些装载各种商品的纸箱,有些印有高脚杯,有些印有其他图案,有些什么图案都没有。印有其他图案的箱子和没有印上图案的箱子美珠不用操心,她只对这些印有高脚杯的箱子负责,这些箱子里面曾经装着容易破碎的商品,高脚杯的存在是提醒所有的人,在对待它们时,要格外小心。

其实美珠哪里知道这些,只是纸箱上的高脚杯让她想到自己家破碎的杯子、瓷器和塑料器皿。好像将这些箱子摆正,自己家的杯子、瓷器和塑料器皿才会免遭毒手。你们可能也想到了,之所以这样,是美珠家里多了一口人;之所以这样,是美珠家里多了一口人之后,家里的玻璃杯、饭碗、塑料盘子一而再再而三地遭殃。

女人刚到出租屋,跟他们一起生活的第二天,就碰烂了四个高脚杯。

你们也许要问,拉浪家又不是城里平时喜欢喝红酒扩充心脑血管的中产,家里为什么要备上高脚杯?红酒对他们来说,那可是未来的饮料。高脚杯是女人带过来的,那个苍蝇饭馆的老板，以前跟人合伙开酒吧，酒吧倒闭以后，几箱红酒杯就堆在他的仓库里，他一直舍不得处理掉，想哪一天可能还用得着，这不，最后成了抵扣离职服务员部分工资的物品。真正的杯水车薪。跟这些高脚杯一起来到拉浪家的，还有两箱餐饮用的罩在餐桌上的一次性薄膜，这些塑料薄膜是女人主动问老板要的。这些铺餐桌用的一次性塑料薄膜，罩在拉浪家的桌子上面，脏了的时候，只需要轻轻一抽，扔掉，就免了抹洗桌子的麻烦。这么说吧，这些红酒杯和一次性的餐桌膜，是女人带来拉浪家的另类的嫁妆。

第一个杯子在早上烂掉。女人起来上卫生间，迷糊中，碰到桌子，一声脆响，桌子上的杯子掉到地上。女人也不管那些碎片，上完厕所回来，拉浪已经将那些碎片倒进垃圾桶。拉浪说，有喜事有喜事。美珠心里慌张，早上起来物品坏掉是不吉利的事情，如果是在老家八度屯，有这样的事情发生，那么这一天，全家老小都要千万小心。但是为了讨好这个刚刚来到他们家的女人，美珠脸上堆着笑，附和道，有喜事有喜事。

晚上，三个玻璃杯又同时掉落地上。

女人刚刚来到家里，每天都要多做几个菜来庆祝，三个高脚杯分别装着美珠的白开水、女人的可乐和拉浪的啤酒。这是盛大的一天。后来碗筷撤走，菜碟撤走，杯子来不及撤走，女人就迫不及待地抽走塑料薄膜，三个高脚杯同时落在地上，响成一声。

这个女人就哭了，原来她有心事。

拉浪这才想起来，吃饭时她拿可乐碰美珠的白开水和拉浪的啤酒时，声音就很响，原来这是杯子碎掉的前奏。

女人好像被那一杯可乐灌醉一样，摇着头，我嫁得太差了。她说。

母子俩都吓了一跳。这才第二天，还算个新媳妇呢。他们都不出声，她说她嫁得太差，就是对这个家的否定。

我不应该这样子的。女人边哭边说。

这是城中村最热闹的时候，夜市小商品摊子的小喇叭开始响起来，全是大甩卖的消息；烧烤摊上的油烟味由淡变浓，飘到出租屋里，那是鱿鱼、羊肉、牛肉、韭菜混杂在一起的味道。美珠家的电风扇摇着头，这些气味一下子在东一下子在西。

美珠不知道，女人脑子里还是那个厨师给她的承诺，一间三居室的房子，哪怕是租的，还有就是他要开一个小饭馆，女人当小饭馆的老板娘。但是刚刚怀孕，厨师就被抓了。厨师是一个犯了重案的逃犯，躲了很多年。在刚刚准备当爹的节骨眼上，被抓了，把她一个人留在苍蝇饭馆。女人当时追着警车喊，抓错了，抓错了。最后也不知道她的厨师被抓到哪里，判了多少年。

美珠不知道，关于肚子里的孩子，女人和拉浪曾经在一起商量。拉浪说，要不生下来，我们一起养。女人很感动，差点想继续怀下去。但是很快就觉得不能要这个孩子。

女人说，你以为是猪是狗，胡乱扔点吃的就对付过去。

我会把他当成亲生的。拉浪当时觉得自己非常了不起。后来女人离开这个家后，他想，好险啊。

女人说，我知道的，生下来肯定就是个麻烦。

怎么麻烦，我妈妈很好的，她会帮我们带。

这都是说不清楚的事情，不知道这个孩子对不对你们的胃口。女人说的"胃口"意思是讨不讨人喜欢。如果不对你们的胃口，以后他就惨了。还有，以后他想去找他亲爹怎么办？这个生命，太复杂了。还有，我肯定还要为你生孩子，对不对你胃口，都是你亲生的，两个孩子不一样。我知道的。

美珠不知道，女人来到她家之前，曾经跟拉浪反反复复地闹别扭。有时一个人哭，我过得太惨了，交个朋友还是个犯人。有时候埋怨拉浪，只会做苦力，怎么当得了家。有时候感谢拉浪，关键时刻来到她身边。她就是一个经常陷入矛盾之中的女人。

所以，一天之中，家里四个高脚杯烂掉一点都不奇怪。所以，家中的所有高脚杯，还有家里的一些瓷器甚至塑料制品在以后的日子里先后烂掉一点都不奇怪。

女人在满屋的油烟味中，又一次叙说自己嫁得不好。

我不应该这样子的。她说。

那个胖厨师，喜欢讲笑话，只要两个人在一起就逗她笑个不停，跟他一比，拉浪就被比下去了。今天她又一次想到他：我都嫁人了，你现在是死是活？

女人说，我有话，不说出来，心里就不舒服，你们不要怨我。

拉浪说，妈，她就是这样。心里藏不住话，什么都挂在脸上。

美珠说，你说吧，说出来就好了。

女人说，反正我现在心里堵得慌，像被人拐卖来这里，被谁卖的，卖了多少钱，我不知道，我只知道我将受苦。

这话她曾经跟拉浪说过，当时拉浪想了一下，说，我并没有掏钱买人啊，再说我也买不起。

美珠在烧烤的油烟味中，看看自己的儿媳，儿媳愤愤不平的样子让她心疼。

美珠说，有苦大家会一起担，现在比以前好多了，再苦也不会像以前那么苦，只要没有天灾人祸，只要不生什么治不了的病，什么事都能扛过去。你有这种想法很正常，我年轻的时候，也经常想嫁个有钱人，住大房子，饭来张口衣来伸手。干活累了的时候，也埋怨拉浪的爸爸，不瞒你说，我生了拉浪之后，我都还在想，如果有一个有钱人这个时候看上我，我都会跟他走。

女人吃了一惊。你真的是这么想。她说。

美珠点点头。谁都喜欢过得舒服一点。她说。

女人说，我们都是一样的命。

女人不知道这是美珠为了讨好她编出来的，美珠年轻时想嫁个家境好点的人家，这想法是有的，但是生拉浪之后还想跟有钱人走，这就是瞎说了。生拉浪的时候她高兴得不得了，哪有空去想什么有钱人会不会看上自己。

美珠说，想到别人为什么那么有钱，我心里也不舒服呢。赵伟民，是屯里最有钱的，他车祸骨折，听到这个消息，我心里面有一点高兴，你说，我们家跟他家还是拐弯抹角的亲戚呢，我跟拉浪的爸爸去县医院看他，我的表情装得像是拉浪的爸爸骨折了一样，但是心里是有一点高兴。我跟拉浪的爸爸说了这事，你猜拉浪的爸爸怎么说？

他怎么说？女人问。

拉浪的爸爸说他跟我一样，也有一点小高兴，你说我们这是怎么啦。还有，我们家隔壁忠原家，在屯里第一个拆旧房起新房，我半年没跟他老婆说话，哈哈哈哈哈。美珠笑了起来，一边笑一边拍自己的腿，她在笑自己当年的荒唐。

拉浪喝了两瓶啤酒，听到自己的母亲打开心扉，自己也豁出去了。一家人的"真心话大冒险"由此进入佳境。

拉浪说，你们这样的想法都很正常，我也经常做梦捡到钱呢，捡到很多的钱，醒来的时候恨不得头撞墙壁。

你那是做梦，又不是大白天被钱砸到头上。女人说。如果那样，才算有出息。

拉浪这个时候变得严肃起来，好像从这个时候才开始意识到自己是谁，开始关心自己真实的内心。楼下大甩卖的声音响亮得很，男声女声，喊破天际。

拉浪说，你不是说了吗，走在街上，要小心前后左右的行人，还要小心头顶密密麻麻的阳台，我没那么害怕，这样的事情，也不是每天都发生。酒瓶砸头顶的事，就像买彩票中奖一样，也很难得，不瞒你们说，有时候干活累了的时候，喝酒喝多了的时候，我也盼一个酒瓶，从天上砸下来，砸我头上，一了百了。

美珠一惊，没想到这个老老实实的儿子也会出现这么狠的念头。更狠的还在下面。

拉浪说，我也见不得别人好，跟我妈一样，你说小心头顶上密密麻麻的阳台，其实就是要小心像我这样的人。

女人说，你什么意思？

扔砖头的有可能是我啊。拉浪说。

美珠更加吃惊，你真这么想？

有时候真这么想。有时候我就这么可怕。

千万不要啊，千万不要啊。女人说。

如果不遇到天大的事，我也不会这样干。拉浪说。

美珠说，千万不要让我们碰到什么事啊。拉浪，冤有头债有主，看不得别人好正常，扔砖头从楼上砸无辜的人那是太狠了，你挨枪毙我肯定不去收尸。

女人说，你比我狠啊，我烦了的时候只是想为什么不嫁得好一点，你烦了的时候想要人命。

美珠说，这个世界还是好人多，你看你们工地，好心人都给你们装热水器了。

拉浪说，我也是说说而已，我也没有那个胆，除非是被逼急了。

三个人这样一聊，高脚杯掉到地上的事就变得不那么重要了。

我知道的，女人说，你们没有嫌弃我。

美珠和拉浪都松了一口气。

今后的日子，高脚玻璃杯被摔烂的时候，三个人就在一起说话。也不是女人一个人搞烂高脚杯，有时候是拉浪，有时候甚至是美珠。他们三个人在一地的碎玻璃中说各自的心事，家里一样是烟雾缭绕。

女人用一句歌词来形容他们的家：相爱并不那么容易，每个人有他的脾气。

美珠收拾的纸箱，不管有没有杯子朝上的图案，最终都变成纸浆、纸板，重新去装其他各种易碎或者坚固的商品。

四

半年之后，女人怀孕了。这次女人的反应更加厉害，看不得脏东西，闻不得荤腥味，还见不得天黑，睡觉时都要整晚整晚的开灯才不至于吐得翻江倒海。

女人说，我到底怀上什么妖怪。

正好是七月份，这天傍晚，美珠和拉浪还没下班回来，女人一阵难受，家里的二手空调失灵，不制冷，吹出来的是热风。女人屋子里呆不了，就慢慢走出城中村，到不远的正科大厦。她要去那里纳凉。

一楼的化妆品专柜，女人被推销员叫住了。美女，过来看一看我们的新产品。美女，这款爽肤水是为女士夏天爽肤专门定制的，很好卖。美女，过来看看我们的化妆品，来来来，我来给你化个妆，买不买都没关系。商场外面热浪冲天，商场里的冷气和化妆品的气味使女人觉得一片清凉舒爽。她走过几家化妆品柜台，终于在要给她化个妆的这个柜台前停下。她走累了，正好坐下来歇一歇。

她的脸出现在镜子里，一只手在她脸上轻轻涂抹。

你的肤色不错嘛。

你就不要骗我了，我长得黑，我知道的。女人又黑又瘦的脸确实对推销员是个考验。

你这是健康，显得有活力，你的这种肤色，现在很流行，很多女孩专门去海边，晒成这种肤色。

你就不要安慰我了，我现在很想看看，你到底把我化成什么样子。女人笑着说。白也好黑也好，反正现在都没人要了。

不要这样讲，美女，三分人才七分打扮，你以为那些明星个个都是天仙？她们的美貌，都是靠打扮，扮出来的，妆一卸，跟我们也差不多，你说是不是？白有白的办法，黑有黑的办法，像你这样的肤色，用浅一点的粉底，腮红也淡一点，口红呢,要艳一点,我保证你满意,睡觉都舍不得卸妆哈哈哈哈。

女人的脸被轻轻地扑上浅色的粉底,黧黑的面孔,在粉底的遮掩下,慢慢变得不一样起来,接着是画腮红,接着是描口红。

你看,是不是吓你一跳。推销员说。

还真是。那张镜子里的面孔,是自己吗?女人从来没有见到这么舒服的自己。她以前也化过妆,都是几个姐妹自己瞎鼓捣,之后拍个照片就洗掉了。现在,镜中的自己简直是个丽人,这么隆重的一张脸,她还是第一次见到,她因怀孕遭的罪一下减轻很多。商场冷气很足,她的周边香气扑鼻。她一扭头,看见满头大汗的美珠和拉浪。

她没有带手机,美珠和拉浪出来找她,找遍了大厦附近的小吃摊、服装摊,最后才想到要到正科找她。这里是这个城市东西最贵的商场。

她朝他们笑。

回家的路上,拉浪走在前头,女人居中,美珠居后。过马路的时候,三个人还牵着手,女人脸上顶着浓妆,陌生人一样夹在拉浪和美珠中间。

你们是不是觉得我奇怪?怎么想到要化个免费的妆。

我知道你主要是来蹭冷气,顺便化了个妆。拉浪说。拉浪真不愧是女人的老公。他说，以后你想来就来，女人喜欢逛商场，没什么奇怪，女人化个妆，也没有什么奇怪，割眼皮，磨骨，丰胸，没什么奇怪。他连说几个没什么奇怪。拉浪喜欢看抖音，他什么都知道。

这样说之后，就得罪女人了。

你都不能夸一夸你老婆漂亮？女人嚷了起来。

哦，哦，拉浪知道所有的女人都爱美，就是不知道自己的老婆也爱美。要夸已经来不及了，干脆不夸。他说，我们家的空调刚刚加了雪种，空调有冷风了。

你今天特别漂亮，美珠说。

街上的灯亮了起来，从正科大厦到出租屋八百米，他们没有闲着，他们在路上聊天。

女人说，我想好了，这段时间，反正在家也是闲着，我要去学化妆，等生完孩子，我到商场里应聘，推销化妆品。

这跟去饭店做服务员比起来，属于技术活。拉浪马上在手机上划，也不贵，速成班15天，3000元学费。拉浪又在手机上继续划，天啊，天啊。他喊道。

美珠说，小声点，这是在街上。

女人说，你发什么神经。

拉浪说，你们知道在哪里化妆工资最高吗？

哪里？

殡仪馆，没想到是殡仪馆，给死人化妆比给活人化妆还挣钱，而且永远不会失业。

美珠倒吸一口冷气，她看了女人一眼，好像她明天就要到殡仪馆上班那样。她说，挣死人的钱，得命硬。

拉浪说，你以为你想去就去得了？今年殡仪馆招四个入殓师，有很多人报名。拉浪想到如果自己的老婆去干那一行，自己会害怕。他说，还是在商场里推销化妆品保险，钱少就少一点。

女人说，我真的不怕啊，死人脸活人脸，反正都是脸。在哪里化都一样。要看我高兴。

拉浪说不行不行不行。活人脸你可以画，死人脸你不能去画。你不害怕，我害怕，即使我不害怕，以后我们的孩子也害怕。

你就活该一辈子在工地上搬砖头，你知不知道，只要是有人需要的事，就要有人去做。就像你去饭店吃饭，有人给你煮饭、炒菜，就像有人需要住房子，你去搬砖一样。

鸡也有人需要啊，毒品也有人需要，但是，能做吗？拉浪说。

这下女人生气了，她生气不是因为拉浪举的这个蹩脚的比喻，而是觉得拉浪肯定是趁她怀孕，在外面召妓。

我知道的，你这个坏蛋，肯定背着我去找鸡，是不是，是不是？女人喊道。

我没有啊，我哪里有这个胆。拉浪真没有。他现在一门心思想怎么样照顾好女人，他想得最多的是，她肚子里的孩子是个男孩就圆满了。

我知道的，你肯定去找了。女人哭了起来，加快脚步往家里赶。美珠和拉浪跟在后面，惨白的路灯下，三条影子往小巷里拱。

回到家里，高脚杯又烂了几个。一地的碎玻璃中，女人的火气平息下来，她说，你找就找吧，我也管不了，你们这个地方有一句话，哪个螺蛳不吃泥，我知道的。只要不把脏病带到家里就行。

拉浪说，你就是拿枪顶在我后面，我也不敢。当时他这样保证，但是后来还是跟工地里的工友去了。那些女人在工地附近出没，拉浪屁颠屁颠跟在工友阿光后面，走进她们破烂的房间。并没有人拿枪顶着他进去。

女人去了化妆速成班 15 天，回来后就在自己的脸上做实验，这是老师要求的。老师给学员推销很多劣质的化妆品，要求她们每天发一张自己化好妆的照片过去给他，老师当作业来指导。

女人同时把照片也发给拉浪和美珠,让他们评价:

怎么样,这个妆怎么样?

拉浪第一次收到女人化妆的照片,看了半天,跟那天在商场里推销员化的当然没法比,腮太红了,眼睑太黑。拉浪拿给阿光看,说,这是我老婆。阿光大声笑起来,说,这个妆,像我昨天跟的那个鸡婆化的妆一模一样。

拉浪直接对家里的女人说,这个妆不好,像鸡。女人在家里,又搞烂几个高脚杯。

五

那天,美珠肚子不舒服,请假提前回家,拿钥匙开门的时候死活拧不开。敲门。五分钟后门开了,一张床单裹着一个人从门内闪出来。美珠只看到腰部以下,是个男人。他飞快地消失在楼道里。美珠心里一惊,家里出事了。

女人脸上的妆很漂亮,一看就不是她自己化的。她腆着肚子,转过身,慢慢走到沙发上坐下。

美珠这个时候感觉到自己做错了什么,好像闯进了别人的家。

我身子不舒服，提前回来了。美珠说。

世界安静下来，时令已是秋天，树叶从窗口飘过，没人去注意落了几片，落在哪里。就像屋里屋外的那些人。

女人开口，他是我老师，来家里给我化妆。

经常来？美珠问。

经常来。

九月的时候，女人上的化妆速成班的老师来敲门。他叫老宋。之前两个人微信交流，言语已慢慢出格。在屋里，老宋轻轻拍打女人的脸庞，爽肤水的气味在房间里弥漫。老宋手中的粉饼在女人脸上扑打，烟尘升起，好似乱云。一支眉笔，在女人的眉毛上划过，丝丝的声音在眉间响起。老宋每完成一道工序，就要退几步，欣赏一番，然后举着镜子，让女人看。刚刚化上去的妆，很快就乱了，女人怀有身孕，两个人的情欲只能在脸上落实。老宋像个可怜人，在乞求食物。女人则是施舍者，女人帮他呀，用手，用嘴。老宋他妈的就流下了眼泪。这就是事情的经过。

我以后要嫁给他。女人说。

美珠说，你，你，不觉得丢人吗？

对、对不起。女人低下头。

啊，美珠哭了，哭得天昏地暗。美珠摔杯子，像个女鬼。

女人缩在沙发上,用手护住肚子。

美珠累了,去拿扫把,扫地上的玻璃碎片,碎片挤着碎片,夺命般地响。美珠哭过之后鼻子有点塞,说几句话她就要吸鼻子。

美珠说,不要让拉浪知道。

女人点点头,说,我想跟你回八度。

美珠没想到女人提出这个要求,想当初她说她不会跟他们回乡下,好像还是在昨天。她心里生起一丝希望,这个儿媳妇,有可能最终还是她的。她想错了,女人想的是给美珠家留一个后代,然后自己再去嫁人。老宋人老是老点,但是有钱,她被他搞得心慌意乱。

女人说,我想平平安安地把孩子生下来。

晚上,拉浪回来,没觉得家里有什么异样,兴高采烈地讲工地上的一个情杀案,这起案件的凶器是斧头。拉浪绘声绘色,美珠和女人听得惊心动魄。

六

两个女人逃难一样回到八度。

美珠用钥匙扭开自家大门,回头对女人说,我先进去搞卫生，搞干净了你再进门。美珠进屋，拿张椅子到门外，让女人坐着休息。刚坐下，老宋的电话就打进来，到了没有？好像八度是他家。女人心慌，低声说，不要打电话，不要打电话。她身边两个袋子，一个装拉浪给她收拾的东西，里面除了衣服，还有她喜欢吃的零食；一个装老宋收拾的东西，孕妇装、化妆品、纸尿片，都是跟生孩子有关的物件，这个老宋，巴不得她早点生。那天女人提这些东西进门，拉浪看见，赶紧去接，他问都不问里面是什么东西。越是这样，美珠和女人越是害怕。

这就是八度。水泥房高高矮矮，挤在一起，似乎被不远处的水田、玉米地逼到山脚下。收获的季节已过，不管水田还是玉米地，有些落寞，一群麻雀飞过，空空荡荡。周边的土岭，有竹子、八角树和速生桉，轻轻的一阵风，就听到哗啦啦的动静。

女人坐在自家门口，没有心思打量眼前的风光，那些小得几乎看不见的飞虫，来吸她的血，小腿、手臂，很快起了红包，她从口袋里，取出老宋给她买的花露水，涂在红肿处，清凉、芳香也止不住她低声咒骂这个鬼地方。

进到屋里，首先看见的是神台，神台上有祖宗的牌位，还有伟人的画像。美珠手里三根香，女人手里也是三根香，低头三次，就算是到家了。由于很久没有住人，家里有一股霉味，美珠到屋后面拨拉，朽旧的八角木泛出仅存的木头香。美珠在灶台里生火，八角木燃烧，又是烟又是火，烟火味赶走了霉味，这才有了家的味道。美珠在天井里打开水龙头，洗锅碗瓢盆，水声伴着瓷器的响声，宣告女主人回归。水盆里的洗洁精泡沫渐渐散去，现出洁净的碗筷。

圆圆的饭桌，平时能坐十个人，现在只坐两个，面前两盘菜两碗饭两双筷子。女人迟迟没有端起饭碗。美珠说，吃点吧，今天回来得晚，明天到镇上买多点菜，家里的冰箱还能用。

在县城吃得晚，不饿。女人说。

这桌上的菜，是她们在县城小饭馆打包回来的剩菜。美珠以为女人嫌弃，说，那我到忠原家借几个鸡蛋，你说是煮还是煎。

不用不用，我不是嫌弃，明天，我就有胃口了，你不要把我当客人，我现在，还是你儿媳妇，再过几个月，你就当奶奶了。

美珠这个时候脸上泛出一丝笑意，她有这样的感觉：自己一个孤寡老人，别人家的媳妇看她可怜，在心情大好的情况下，分给她一个孩子。她也恨啊、怒啊、怨啊，那有什么用，现在全化成一丝凄凉的笑意。这比哭都难看。

美珠说,我就怕你在这里不习惯。你想吃什么,尽管跟我说。

女人说,你只要不在饭里面下毒就好了。她倒是很直接,她有几回梦到自己被拉浪掐住脖子,大叫着醒来。

美珠说,如果你没有身孕,我可能会那样做。美珠好几回在梦里拿高脚杯摔在女人脸上,女人的脸石头雕成似的坚硬,高脚杯在她脸上裂成碎片,她都安然无恙。

女人说,我无所谓的,你怎么对待我,我都无所谓,反正我现在已经跟你回八度,你怎么对待我是你的事情,我也不会求你对我好,因为我是自作自受。

美珠说,就是不能让拉浪知道,你把孩子生下来,一年半载,你要走就随你走。

女人说,我也想好了,以后我会来看你和孩子,除非我怀上老宋的孩子,要不然我会一直过来。

她的这句话美珠记住了。

几个月之后,拉浪到医生汉盛家,求他把女人给结扎了。

女人和老宋的事最终还是没有瞒过拉浪。他没有像美珠和女人想象的那样要打要杀,只是自己喝醉酒哭了几回,摔坏了家中很多的杯子、碗、碟。他把这件事告诉工友阿光,阿光说，你看你，你这个样子就像是自己犯了错误一样，你犯了什么错了，好像被人打劫了那样。

拉浪说，错就错在讨她当老婆。

平时回八度，他不看女人的脸，只看女人的肚子，看一眼女人的肚子，就玩抖音。

在汉盛面前，他不再像在阿光面前那样软弱哀叹，他表情突然就凶狠起来。美珠跟他说，女人以后只要不怀孕，就会经常回八度。女人胎位不大正，需要剖腹产，在剖腹手术的同时，给女人做结扎，看她以后还怎么怀上孩子。汉盛是主刀，他是拉浪的好朋友。

汉盛没想到平时很温和的拉浪竟然想出这一招。你是不是一时冲动？汉盛说。

不是，孩子没有妈，很惨的，只要以后她能经常回来看孩子，孩子就还算有妈妈。

汉盛小时候妈妈就去世了，他想到自己小时候那个凄惨劲，觉得应该帮拉浪一把。他说，你要想好，到进手术室时，你再跟我说。

后来女人在野马镇卫生院生下女儿燕寒，医生汉盛走出手术室，拉浪迎上去，都没问生的是男孩还是女孩，他低声问汉盛，结扎没有？

汉盛点了点头。

但就是结扎,也留不住女人。女儿燕寒两岁多的时候,女人就跟老宋走了,根本没在意怀孕不怀孕这个事情。

七

李作家到八度屯扶贫,他要遍访贫困户。来到美珠家,一个三岁的女孩跑出来,抱住他的腿,叫他妈妈。

李作家是男的,留着一头长发,长得一点都不慈祥,却被这个小孩当娘抱住。这个小孩,真是慌不择路啊。

燕寒,这是伯伯,不是你妈妈。

一个女声,是美珠,她从里屋赶出来,将女孩从李作家腿上拉开。

美珠不好意思地对李作家说,她现在见个女的,就跑过去叫妈妈。

在村委的时候,他们已经给李作家讲了美珠家的故事。今天,李作家提着北京一位姓梁的老师捐赠的衣物,过来看美珠。

美珠说,谢谢领导。美珠的表情没有想象中的苦寒,她当场查看梁老师捐赠的衣物,一件件在身上比试,非常的高兴。

美珠不认生,刚刚坐下来,就把自家的事情全部告诉李作家。结扎的事她没说。

心太狠了,她说,一面怀着燕寒,一面跟别人好,还是个老头,她就是图人家钱。

李作家问,那她现在还经常回来看女儿吗?

美珠说,去年回来两次,今年就不回来了,唉,她说话不算话。

李作家问她,怎么说话不算话?美珠就把女人说只要她没怀上孩子就一直回八度看孩子的事说了。

李作家说,可能现在已怀上别人的孩子了吧。

不可能!美珠斩钉截铁。也不能怪燕寒妈妈,人往高处走,水往低处流,她来不来,是她的自由。美珠最后说。

李作家想,人往高处走,水往低处流,只是这样的高处和这样的水,内涵丰富,需要巨大的胃才能消化。

燕寒在美珠怀里,警惕地看李作家,她并不甘心,她轻轻地说,妈妈。

所有的人都笑起来了。

美珠说,不是妈妈,是伯伯。

一个月后的某一天,李作家见到拉浪,村里有人去世,他从城里赶回来,李作家见到他的时候,他正在看抖音,那是一些搞笑的视频,他被逗得前仰后合。看见李作家,他关掉抖音,说,领导,又准备给我们什么福利?

他的女儿燕寒又跑了出来,这次没有抱住李作家的大腿叫妈妈,因为李作家已经把长发剪掉。她跑到她爸爸怀里。

李作家和拉浪寒暄,说到女人,拉浪咬牙切齿,他说,领导,我知道你是个作家,你们作家喜欢歌颂女人,燕寒妈妈这样的女人,请你不要歌颂。如果你写她,你也不要写她的名字。好不好?

再后来,新冠疫情,美珠和拉浪被隔离在城中村,回不了八度,李作家久不久给他们打电话了解身体状况。正好是清明节,李作家和拉浪视频,先是拉浪那张在手机里略显变形的脸,然后是美珠佝偻在城中村的十字路口烧纸的画面:跳动的火焰,好像多年前游蹿在八度山冈上不祥的鬼火。

拉浪说,清明节,我们回不去,我妈在这里给我爸烧纸。

拉浪的手机里,还传来鸟鸣,那是城市里的麻雀,在树枝上鸣唱。

喜悦

一

雨水把路都泡烂了。

离家门口还有十几米，实在走不下去，赵胜男就扔砖头，啪、啪、啪、啪……一共二十块砖头，歪歪斜斜，泊在泥水中，差点连成一个问号。赵胜男的黑色高跟鞋，踩在问号上面，她手臂张开，走钢丝一样。男朋友杨永，没有步她后尘，他左边肩膀、右边肩膀都有行李，红色拉杆箱是胜男的，帆布包是自己的，都非常沉。

过来呀，过来呀。胜男催他。

肩膀上的行李不允许杨永像胜男那样走——肩膀上有重物，如果脚底不稳，非摔了不可。他的喉结动了一下，一发狠，这条路，就变成了一条干净整洁的水泥路，唰、唰、唰、唰，蹚水的声音。杨永走成一条直线，未来的家，离他的鼻尖，只有几厘米。

他的脚底凉透了。

胜男从杨永肩上卸下红色的拉杆箱，正要去接他肩上的帆布袋，杨永肩膀一抖，帆布袋滚在脚边。杨永扶稳帆布袋，脱鞋。八月的泥水从杨永的鞋里流出来——短暂的一场雨，欢迎远方的女婿，进驻八度屯。

我爸呢，我爸呢。胜男自言自语。

她的爸爸赵忠原，正在床上睡觉呢，正在床上做梦呢。五十多岁的男人，光着头，床边的墙上挂着他的假发，他缩在床上，薄薄的床单，猪肝色——昏暗的房间里，赵忠原像个着袈裟的和尚，浑身的酒气，睡觉时的表情，像要哭。他的梦太平淡了，当胜男和杨永离家十里的时候，忠原梦到自己在医院里，那个已经死去的医生在给他把脉，看着他，没有事，没有事，就是喝酒多，有点内热；拿听筒听他的心跳，说，是想女儿了，心律不齐。这样的梦他做了很多次，每次都是那个死去的医生，跟他说话。赵忠原跟村里人说，在梦里，我从来没有飞起来，做的梦，都是老老实实的梦，看病啊，干活啊，吃饭啊，这样的梦，简直就不像梦。确实是这样，当他的女儿胜男和男朋友杨永离家还有五里地的时候，他梦到自己正在主持屯里七月十四的祭祀，各家各户拿着供品，排队给"社王"摆上。"社王"相当于北方的土地庙。烧香、祭拜，他是给他们递香的那个人，他是替他们给"社王"说好话的那个人。这样的事情出现在他梦里一点都不稀奇，因为啊，再过十几天，就是七月十四，这场盛大的祭祀活动，只不过提前几天来到他的梦里。这样的梦,也太过老实了。当胜男在离家十多米的地方扔砖头的时候,她爸爸的梦里,这场盛大的祭祀还没有结束,全屯的人都在吃……

胜男推开家门,哒哒哒哒,脚步声响起。

感觉到有人进了自己的家,赵忠原一震,赶紧从梦里的饭桌边抽离,翻身下床,飞快地打开房门,又飞快地关上房门。

女儿身边站着一个男人,自己不能光着头迎接他们,这顶假发,似乎是为他俩而准备。他从墙上取下假发,戴上,再去开门。一关一开,给人这个房间似乎住着一个光头的男人和一个毛发浓密的男人的错觉。杨永眼花缭乱,好像自己有两个岳父——一个光头的岳父和一个毛发浓密的岳父。

这样看起来年轻多了,比戴帽强。胜男说。

赵忠原像做错了什么似的,2500元呢,他说。之前他确实是戴帽,一年四季都戴,冬春戴厚一些的帽,夏秋戴薄一些的帽。戴帽不是为了耍酷,就跟现在戴假发不是为了显年轻一样,是为了盖住头上的凹槽。不同的是,戴帽显得普通一点,戴假发显得隆重一点。那一年,他在浙江的工地,被一根螺纹钢砸断头骨,治好后,螺纹钢的形状就留在他的头上,凹下去的地方,非常吸引风,风稍稍大一点,赵忠原就听到风穿过头上伤痕的声音,像有人吹口哨一样。

值,真的很年轻,我都认不出来了。胜男说。

他们来我们家打分,如果算上我的这项假发2500元,就要超过65分了,超过65分,就不算是贫困户了。我本来想拿钱去买一台电动后推车,后来买了假发。海民买了后推车,他们家就超过65分了。好险啊。

这是赵忠原说的,说这话的时候,已经是在晚上的饭桌边,他喝了两杯酒,跟胜男和杨永炫耀自己是怎么"评上"的贫困户。他说的65分,是野马镇判定贫困户的最低标准,李作家带着一帮人,对八度屯所有的农户进行甄别:存款、房子、家具、电器都要算分,高于65分就不算贫困户,低于65分(含65分)就算是贫困户。当时如果这2500元存在银行里,或者拿来买了后推车,他就"评"不上了。海民的家境跟忠原家一样,就是多了一台后推车,结果没有"评上"。海民去跟李作家闹,拿自己家跟赵忠原家比,李作家再到忠原家甄别,感觉这两户确实没有什么差别,这时候赵忠原摘下假发,让李作家看到他头上的伤痕。李作家说,就凭这个,你就是了。

其实海民也应该算是贫困户,当年他不是从脚手架上摔下来吗,内伤,吐血,后来恢复得好,一点伤疤都没有留下。胜男说,以后见到海民,你不要太嚣张了,政府往你存折打钱,也不要张扬，这里的一家一户，哪一户没有残缺呀。

胜男就是那么善良。话说给忠原听，眼光却瞟杨永。

杨永现在就像个小媳妇，眼睛不看赵忠原，忠原问他话，他先看胜男，才作答，生怕说错了。

家在哪里？

平南。

哦，那里产小刀，我们这里，以前每家每户，都有一把平南小刀。

那是以前，现在那里的人，做陶瓷，或者给人建房子，陶瓷卖到香港，建筑队敢到非洲去做工程。

你为什么不去？

胜男替杨永回答，他胆子小嘛。

胆子大的都去非洲，胆子小的都来八度。忠原说。

三个人都笑了起来。

我们都是胆小的人啊。忠原说。

说到杨永家里的情况，杨永像个受伤的小兽。

爹妈走了。

姐姐带大。

十五岁去广东。

二十五岁碰到胜男。

胜男比他大五岁。

这样的人,

适合带回家。

给爸爸赵忠原,

养老送终!

如果谱上野马镇的山歌调,就会把人唱哭。

这是三个人的第一顿晚餐。

二

雨又下了,还打雷、闪电。在野马镇,有人结婚或者死去,都要下很长时间的雨。雨水带来新人或者送走旧人——笑声和哭声,都瞒不过这满天满地的雨水。八度多是池塘,池塘里有莲藕,雨水打在叶子上面,就像电影里一场盛大的战争。这几天,在哗啦啦的雨声中,野马镇的人都在打听,哪家死了人?没有!那么,雨水过后,就要有人办喜事了。

哗啦啦的雨声中,忠原和胜男、杨永在商量婚事怎么操办。

说是商量婚事怎么操办,其实是在商量婚事用不用操办。

今年猪瘟爆发,野马镇的猪几乎死光,现在市面上的猪肉,贵得吓人,鸡、鸭、鱼,托猪老大的福气,身价也跟着涨。肉类价格像一盆冷水,浇凉了赵忠原一家三口想操办酒席的热情。

但是胜男又不甘心。爸,亲戚总得请几桌吧。胜男说。

屯里,哪个不是亲戚?!忠原说。

八度屯157户,姓赵的就有130户。只要是个人,赵忠原都能找出对应的称谓,喊声亲戚。

就是亲戚也有远近之分吧。胜男说。

近的可以得罪,远的不能得罪。远的比近的多啊。赵忠原用手轻抚假发,似乎碰到了天大的难题。要请就一起请,要不请就都不请。他说。

那不行,我不想让他们说我们心疼钱。胜男说。

那也不能打肿脸充胖子呀,脸皮多少钱一斤?忠原说。

那怎么把杨永介绍给他们?胜男说。

在野马镇,凡是新人,都要通过一场盛大的宴席作为媒介,之后才被旧人接纳,就像牢房里的新人,都要有人见人欺的经历,才能和牢房里的人成为难兄难弟一样。野马镇的新人,都要举着酒杯转圈圈,接受众人的祝福,才能融入人群。

今年猪瘟流行,猪都死光了,忠原和胜男选择在这个时候把杨永介绍给屯里的人,要比平时贵三倍。

不要紧的,不要紧的。杨永缩在一边,猛地来这么一句。时间一长,他们就知道我了。他说。

做男人,就是要有这样的脸皮。忠原觉得杨永很对自己胃口,他夸杨永有气度。男人,有时候就要脸皮厚,不管别人怎么看你,都不要在乎。他说。

你不要紧,我要紧!胜男声音高起来,杨永就缩头了。

胜男又对忠原说,你是心疼钱,如果猪肉便宜,你早就去发请柬了。

钱都是你挣来的呀,这样浪费我当然心疼。忠原说。

屋里一下子安静下来,雨声格外刺耳。

这个时候,就不要考虑什么面子啦,现在菜钱贵,我们请不起。最亲最亲的叔、舅、姑、姨,堂哥堂弟、堂姐堂妹,七七八八的家里人,我们不请;不怎么亲的,平时见面只是点点头打哈哈的所有的外人,我们也不请。他们有什么闲话,我高兴的话呢,就跟他们解释,不高兴的话呢,理都不理。忠原说。

胜男还是不高兴。她的意思是至少亲戚朋友也要摆上七八桌,这婚才算是结了。外人她不管。

忠原说，要请就一起请，要不请，就都不请。理由是不亲的人更加不能得罪。

忠原看见女儿不高兴，去讨好她，等猪瘟过后，生猪降到每斤五元，我们再请，现在生猪每斤十八元，买一头肥猪，相当于买一头牛，我们怎么请得起。停了一下，又说，你说猪瘟厉害不厉害，确实厉害，屯里的猪几乎都死光了；你说猪瘟厉害不厉害，也不怎么厉害，赵忠锋家的那头母猪，不仅不死，现在又怀上了，我看猪瘟，也就是秋后的蚂蚱，很快就没有了，不出半年，屯里大猪小猪，又嗷嗷叫了。到时候我们再请，好不好！

胜男还是不做声。忠原的这个女儿，犟起来，八头牛也拉不住。他们一家，现在是被猪给难住了。

雨雾中一把黑色的雨伞，浮在忠原家不远的池塘边，颜色慢慢变深。

李作家来八度查看水情。他绕过一个又一个池塘，来到忠原的家门前。雨水差不多漫过忠原家的门槛，当初胜男扔砖头扔出的那个问号，早已看不见。李作家穿着雨靴，涉水而来。他从雨伞下钻出来，钻进了忠原的家。

李作家来八度扶贫，一年多了，平时走村串户，听村里面的人讲他们家的事情。真的假的，他都听。

李作家还是第一次看见胜男。以前她在她爸爸忠原的嘴巴里出现，都是"我女儿""我女儿"。以前她的名字，都是出现在各类的登记表里。

登记表里的名字，现在变成李作家面前的活人。

李作家最想见到的，就是登记表里的活人。八度屯的年轻人，很多都跟今天以前的赵胜男一样，活在登记表里。

比如说赵莲花家的老二。李作家刚来的时候，赵莲花家的瓦房塌了半边，李作家到赵莲花家，动员她去大儿子家住。大儿子做生意，在离旧房不远的地方，起了两层楼房，装修得很漂亮。房子塌了半边，赵莲花也不怕，任凭李作家怎么动员，她都不愿意搬，说就是死也要死在这个房子里。大儿子说，她就是想在这里等老二回来。赵莲花跟二儿子住，二儿子十几年前去福建打工，失踪了，怎么找都找不到。这么长的时间，本来应该按法律依次去派出所报失踪、申请宣布其死亡、最后注销户口。从一开始，赵莲花就紧握家中的户口簿，不让他们去派出所办理儿子的失踪、死亡、注销户口的申请。大儿子说，她八十多了，老糊涂了，也不怕死了。没办法，只好让她继续住在那里，半边没有塌下来的房子，给加固起来，虽然这样，只要一下雨，李作家就要带人去她家查看。今年春天，一个傍晚，小队长赵礼胜打电话给李作家，说赵莲花的二儿子，失踪了十多年之后，又回来了。一个印在各种登记表上的名字，突然露出尊容，李作家觉得这是个大事情，赶紧来到屯里。在赵莲花家塌了半边的房子面前，透过半开的窗户，李作家看见几个人在抱着一个人哭，是那个失踪了十多年的老二。李作家想去推门，犹豫了一下，又把手抽了回来。李作家感慨，这个时候，他怎么好进去呢，他不能打断他们的团圆。天上掉下的故事，就让他静悄悄地来，又静悄悄地去吧。第二天，屯长赵礼胜又打电话给李作家，说老二又离开家了。回来、离开、消失，乡间很多很多的故事，不就是这样吗。

赵忠原家的情况，跟赵莲花家又不一样了。

赵莲花家的是伤心事，赵忠原家的则是喜事。

李作家发现，这对小夫妻，女强男弱。李作家进到房子里面的时候，赵忠原拉过一张凳子，让李作家坐下，他、胜男、杨永、李作家排成一排，李作家刚刚坐下，他旁边的杨永就像触电一样弹起来，拿着凳子，坐在他们三个人的身后。

李作家觉得奇怪，说，你怎么不坐在这里，怕我？

杨永笑得很僵硬，他掏出烟，说，我抽烟，怕熏着你们。

之后，他不停地抽烟，全是胜男在说。问到他的情况，未答先笑，就像一个小媳妇。前面说过，杨永的情况，如果谱上野马镇的山歌调，会唱到人流泪。怪不得他胆怯。杨永的经历，让李作家想起赵莲花家的老二，他现在在哪里呢？

李作家知道他们一家因为请客的事犯难，如果是在城里，根本就算不了什么，就算肉价涨到天，收到的份子钱，肯定能弥补过来，乡下不一样，怎么都是个坑，肉价便宜呢，填得少一点，肉价贵，填得就多。这可是件大事。

李作家说，胜男，这事我支持你爸，现在不请，等以后有孩子，再连满月酒一起请。李作家的意思是：自己是来做扶贫工作的，他不想看到，一场喜酒，将一个家庭的生计推到艰难的境地。

胜男想的，又不一样了。她不想亏了杨永。只要不大明摆白地将杨永介绍给村里面的人，她和杨永，都只能是一对"秘密夫妻"。

忠原看到李作家来，他很高兴，这个人他喜欢，因为他摘掉假发，让李作家看到他的伤疤，李作家跟乡里说，把他列为贫困户扶持，这件事，让他对李作家有了很好的印象，有话都喜欢跟李作家说。

领导，我家多一口人了，有什么政策？忠原说。

忠原说的"政策"，意思是有什么好处和补贴。一年多来，李作家跟工作队员一起，只要入户，就是有"政策"。比如，家里养母猪，一头奖500元，家里养肉猪，80斤以上的，每头奖 300 元。比如，只要把家里黑黑的厨房和脏脏的厕所改建，就有 1600 元的补贴。李作家东家进西家出，拿着手机，拍猪、拍牛、拍厕所、拍厨房。不亦乐乎。

我家多了一口人，有什么政策？既然多了猪，多了牛，都有补贴，何况多了个人呢，有什么政策？忠原说话的本意是这样。

李作家说，多一口人，天大的喜事，还要什么政策。你想要什么政策？

我是开玩笑啦，领导，我家多了一口人，确实是喜事。但是，这个喜事不好消化啊。忠原说。他说的是请客的事。

在听忠原讲这件不好"消化"的事之后，李作家说，屯里面的人，会理解的，他们碰到这样的情况，也会"冷"处理，你啊，屯里有什么事，让杨永多去帮帮忙，时间一长，他们就认他了。

那亲戚们怎么办？

自己家亲戚，机会就更多了，逢年过节，多走动走动，不就好了吗。李作家说。

就是这句话，给了忠原启发。忠原说，领导，我有一个想法。

什么想法？

我把杨永介绍给亲戚,也不摆七桌八桌,也不等逢年过节,而是隔几天叫两三位亲戚到家里来吃饭,不是请客,不一定上什么好菜,酒是自己家熬的,也值不了几个钱,几杯下去,杨永就是他们的亲戚了。

这是个好办法,这样做很好。李作家说。

但是我有一个请求。

什么请求?

每次你都要来参加。

李作家一怔,到贫困户家吃饭,很不好,但是李作家又不想让忠原觉得自己高高在上。好的,我答应你。他说。

果然,两天后,雨停了,李作家就接到赵忠原的邀请,去他家吃饭。忠原开始实施他的请客计划。既然当初答应他,李作家也不好拒绝,每次去的时候,都先到镇上的小饭馆提点菜,有时是一只烧鸭,有时是一碗扣肉。每次李作家都被忠原家的亲戚们灌得晕乎乎的。

李作家觉得这个老赵脑子还是很灵活。村委副主任老罗说,以前忠原不是这样灵活,大概是去浙江,被一根钢筋砸头上砸醒了。村委主任老赵说,哪里是这样,都是给猪瘟逼灵活的。

由这个办法,又延伸出另外一个办法。还记得赵忠原做的那个梦吗,他提前在梦里主持本屯的七月十四的祭祀,当时梦里,少一个杨永。他决定,在即将到来的七月十四的祭祀中,把自己的女婿,隆重介绍给所有的人。

这真是一个好主意。

三

野马镇山歌的调调,是来自远古的声音。所有的山歌都源自忧愁,早期的山野,那些落魄的人来这里定居,能有什么快乐呀。野马镇山歌的调调,如果用长度来比喻,从来不及一个人高(或者说,野马镇的山歌,就像一个被迫矮下来的人,从来都没有高过)。男人唱起来,那就是水缸里,下了一场雨;女人唱呢,则是一根鞭子,轻轻打在芭蕉叶上。男人女人同时唱,你会想到悬崖边的命运。所以啊,野马镇的山歌听不得呢:

山头起风山下啊落
嫩鸟巢中叫啊啾啾
娘在东山衔枝啊草
爹在北山找虫啊食

大风不识爹娘啊面

东山北山断魂啊魄

……

　　就是这样的调调。前面说的，哪怕随便一个人，他的故事，谱上野马镇山歌的调调，就要听得人哭。这就是喉咙的力量。闲下来的时候，李作家就喜欢琢磨这些事情。人类身上每一个器官，都非常的了不起，但是最了不起的器官，应该算是心脏吧。来到八度后，李作家听到这样一个故事：那天，在八度屯的屯道上，一头小牛和一个小孩经过一辆拉电线杆的货车旁边，货车突然爆胎，巨大的声浪把人和牛震翻在地，小孩耳鼻流血，小牛犊也耳鼻流血。闻讯赶来的人吓坏了，都觉得不管是人还是牛都没有救了。两台农用车，一台运人，一台拉牛，人拉往医院抢救，牛拉回去等着剥皮吃肉。小孩胸口卜贴着一只耳朵，没等车子到镇上，车上的人就喊起来了，没有死！没有死！

　　小孩没死。野马镇颠簸的路又把他震醒了。

　　牛死了。许是牛一生下就很颠簸，再怎么震都震不活啦。

　　有了心跳，就有了喊声，大人们喜出望外地喊，有了心跳的小孩在哀嚎……

这是赵忠原说给李作家听的故事。赵忠原说，小孩比牛更厉害。要说这人的心脏，真的是强大得很。

李作家回城的时候，曾经跟朋友们聊，他说来到乡村后，看到听到很多人的故事，他有一种"小心轻放"的感觉，就是说对村里的人和事，你要认真对待，要"小心轻放"。就拿赵忠原来说吧，他算是八度屯最有威望的人了，表面上开朗、大大咧咧，但是心底，是愁苦的。他跟李作家讲他在浙江工地受伤的情形，开始的时候像讲笑话一样，他还笑哈哈的，最后则流出眼泪。

这眼泪李作家信。

李作家来到这里以后，不管是对谁，都和颜悦色，生怕有时自己不好的情绪，吓着他们。

近距离观察人们的生活，李作家没有感到一丝的轻松。城乡差别体现到人的表情上面：麻木中有期盼，高兴中有悲凉，狂怒中隐含自卑，他们没有一个人感到自在。李作家觉得，时间和历史积淀下来的浑浊的部分，都附在乡间这些脆弱的生命上面，成为他们的底色。

李作家并不是为了"体验生活"才来到八度的。省里每个机关，都必须有人下到村里去扶贫。两年时间，他会在乡间游走。

李作家每天都干些什么呢?

遍访贫困户。

以下是李作家的遍访记录之一:

2018年3月27日,赵忠实家,女儿在省中医学院护理专业读大三,儿子15岁,不愿意上学,多次动员未果。夫妇俩在家,去年政府发一头黑母猪,5天就死了,后来自己买一头母猪,前天生了12个猪崽,死了2个。现在家中有10头肉猪,每头100斤,政府准备补贴每头300元,已经来拍过照了。每包饲料118元,4天用一包;精料每包224元,每包用12天;买玉米喂猪,每斤1元,10天前买了四袋,每袋120斤,现在还剩2袋,还买米糠,每斤8毛,每袋100斤,春节到现在用了7包米糠。有牛3头,去年补贴2400元,发了1800元,还有600元没到账。种有速生桉1000株,3年了,有一层楼那么高。种玉米,自己只有一亩地,因村里很多丢荒的地,多少亩不知道,反正下了24斤玉米种,种子每斤20元;水稻也是这样,用了3斤种子,每斤36块钱。买尿素2包,每包125元,复合肥3包,每包80元。母亲89岁,有残疾证,视力4级残疾。去年12月份打工收入1000元,今年1至3月份没去打工。养老金补贴100元,低保补贴925元,高龄补贴90元，残疾护理补贴50元，养老保险100元……

李作家所在的野马镇五合村，共有345户贫困户，再加上级要求，还要访问100户非贫困户，所以这样的记录，李作家共有445篇。可以这么说，整个村庄，他心里有数。

这些天，他到得最多的是赵忠原家，他家多了一个杨永，一个胆小的孤儿。亲戚朋友往来不断，虽是粗茶淡饭招待，但忠原和胜男及亲戚朋友们欢欢喜喜，可是李作家隐隐约约觉得好像哪里不对劲。哪里不对劲呢？是杨永在亲戚面前的表现，他的眼神躲躲闪闪，都不敢正眼看人，不像一个骄傲的女婿，倒像一个心事重重的老人。跟灿烂的胜男相比，一点都不入画。胜男说，他人老实，他怕见很多人，熟悉以后，会慢慢好的。

四

七月十四，八度屯一年一度的祭祀活动，本来这样的活动李作家不应该去参加，但是他想去看看，赵忠原怎样把女婿介绍给全屯的人。祭祀活动分两个部分，第一个部分是各家各户去祭拜"社王"，前面说过，"社王"相当于北方地区说的土地庙。第二部分是聚餐。

各家各户的贡品都在塑料桶里，煮熟的鸡和猪肉在塑料桶里，塑料碗装着糯米饭最终被装在塑料桶里，塑料矿泉水瓶装着米酒在塑料桶里，塑料酒杯在塑料桶里。塑料桶被男人的手或者女人的手提着，来到"社王"跟前。

说到塑料桶，多啰嗦几句。李作家所参加的镇、村、屯的聚会，不管是公务餐还是跟村、屯、农户的聚餐，用的大多是塑料餐具，有时候，塑料碗、塑料杯刚刚摆上桌，就被大风吹跑，摆桌子的人不得不去追这些餐具。它们最终的归属是各个屯的垃圾焚烧炉，有时候是早上，有时候是傍晚，李作家会闻到刺鼻的味道。如果这个时候，你站在高处，野马镇的一个个村庄被烟雾环绕，你不要以为你来到了仙境，因为烟雾里，绝对没有草木的气息，都是刺鼻的塑料被焚烧的气味。

李作家看着一个个塑料桶，他在心里说，这下，我们和神仙，也共用统一的餐具。

今天最耀眼的绝对不是装满贡品的塑料桶，而是赵忠原一家三口。赵忠原身穿黄色的道士服（说是道士服也不对，是宽大的布衣衫），站在"社王"门口，他的两边是胜男和杨永，衣服的颜色分别是崭新的红和崭新的白，如果这样的情形换在自家门口，如果他们手里拿着糖果盘、卷烟盘，就是一对迎接来家里吃喜酒的新人。

这样做合不合适？赵忠原也曾经考虑过，毕竟这是"社王"的地盘，让胜男和杨永在这里正式跟屯里的人见面有点不可思议。但是人的脑子是会拐弯的，说不定以后杨永跟他一样，成为七月十四这一天屯里最受尊敬的人。杨永帮他打下手，接香、插香，胜男也一样，她帮屯里人，摆贡品、收拾贡品。他们都是来帮忙的。在这个过程中，赵忠原会郑重地把杨永介绍给他们。还有另外一层意思，那就是，这是一年中，他赵忠原在八度屯最威严、最有威信的时候，今天，所有八度的人，第一尊敬的是"社王"，第二尊敬的就是赵忠原，他想在这个庄严的时候，把女婿介绍给屯里的人，他们从此会对女婿高看一眼。

八度屯157户，每户的贡品都差不多，三个大香炉，三三得九，每户九根香，拜三拜，各怀心事，默默念叨，每户也就一分钟。仪式就这样完成。

递香接香插香，杨永忙得不亦乐乎，赵忠原没有在前来祭拜的人刚进来的时候介绍杨永，而是在祭拜之后，胜男帮他们收拾贡品时，才介绍杨永给他们：这是我的女婿杨永。先拜神，再介绍女婿，公私两不误。烟雾中，人头在赵忠原、赵胜男、杨永面前起起落落，"社王"面前，杨永的名字被一次次提起。全屯157户人家，杨永的名字一共被提起157次。

赵家三个人在"社王"跟前"接待"屯里人的时候，李作家的脑子，在"过电影"，过什么电影？过八度屯各家各户的家事。因为只有这一天，是八度屯人员最齐的一天，好些全家外出打工的人，都要回来。

赵福全回来了。他左手提着塑料桶，很吃力的样子，很显然，他右手还使不上劲。看见李作家，他也不打招呼，黑着脸走去拜"社王"。在八度，李作家经常遇到这样的人，开始的时候李作家还觉得很纳闷，不是说乡下人都热情好客吗，怎么经常遇到这些黑着脸埋头走路的人。他们也不是对李作家有什么意见，是因为家事沉重，消耗了他们的热情。赵福全比去年精神多了，去年李作家第一次见到他的时候，他躺在自己家的床上，骂省城的那个老板。他去老板的木材厂打工，右手被机器夹成粉碎性骨折，影响到胸部，吃不下饭，体重减了15斤，人变得很黑很瘦。这是他家最黑暗的时候，所谓的祸不单行砸在他头上了——他老婆赵丽花前几年在省城遭遇车祸，腰椎骨折，车主驾车逃逸，事发路段没有监控，逃逸车辆最终没有找到，影响到事故的认定和赔偿，福全打工几年剩下的钱全拿出来给老婆治病。老婆腰椎治好后留下后遗症，由于车祸影响到膀胱，每月总有七八天小便失禁，必须定期到省城的医院拿药，做理疗。两个人为了求医跑来跑去很不方便，干脆就在省城医院附近的城中村租了间小房子，老婆小便不失禁、不去理疗的那些日子，就到附近街道的电子厂做零活，每月1500元钱；赵福全则去附近的木材厂打工。赵福全受伤后，老板只付了一万多的医疗费，就不再理睬他。因为没有劳动合同，劳动监察部门也没有办法，只能叫他打官司。对赵福全这样一个几个月就换地方打工的人，哪里有什么耐心去打官司。那时李作家刚来八度不久，觉得这样的事他应该管一管，他托朋友找到那个老板，还开车到省城去见他，要跟他讲道理。李作家以为自己很厉害，是个人物，写过书，想拿这些虚头巴脑的东西来震慑老板，老板哪里听得进去，李作家几乎是被老板手下的人轰了出来……

赵忠杰也回来了。领导，今天又来欺负老百姓了。他说。他是整个八度屯，敢拿李作家开玩笑的唯一的人。

忠杰个子不高，肩膀窄，穿西装，松松垮垮。在屯里走路，经常戴游泳运动员戴的护目镜，那是他在县城当老师的女儿去青岛旅游时给他买的。跟忠原戴假发一样，不是为了扮酷，是因为他有一双见风流泪的眼睛。他小时候没少被人拿这个来开玩笑，他喜欢开别人玩笑的喜好，是从自己身上得到的灵感——他曾经是整个八度屯被人拿来开玩笑最多的人，因为他哭的时候有眼泪,笑的时候呢,也有眼泪。忠杰以前是屯里的队长,因为土地纠纷,和屯长忠深一起去跟隔壁奉备村的人打架,造成群体性事件,被关了三个月,队长被"罢免"。虽然不当队长,但是八度屯所有的消息他尽在掌握。李作家刚到屯里的时候,所有的情况,都是他说的。自认为跟李作家很熟,所以敢跟李作家开玩笑。半年前他和老婆被女儿接到县城带外孙,从此他八度屯的家,大门紧闭。

李作家说,忠杰,今天的领导是"社王"吧,他都不敢欺负你,我也不敢欺负你。

忠杰马上拿手指放在嘴唇上,嘘了一声。不要乱开玩笑,他那个领导,跟你这个领导不一样。忠杰说。"他那个领导",指的是"社王"。

怎么不一样?

他那个领导,不能拿来开玩笑,你这个领导,可以拿来开玩笑。忠杰说。

我这个领导,怎么就可以开玩笑啦?李作家故意跟他抬杠。

忠杰说,有些领导,你只能立正,有些领导,你可以拍肩膀,知道吗。忠杰说,你这个领导,可以拍肩膀,上面那个领导,不能拍肩膀,只能烧香。忠杰真的拍了拍李作家的肩膀——他一只手提塑料桶，一只手拍李作家的肩膀。正在这个时候，一阵风吹过来，他赶紧收手，别过头，但是要躲已经躲不及了，眼睛闸门不紧，眼泪很快流了下来，他赶紧放下塑料桶，掏出纸巾擦眼睛。边擦边说，瞎了算了，真费事。

今天没戴护目镜？今天风大。李作家说。

今天不能戴，风多大都不能戴。忠杰说。

李作家明白他这是为了在"社王"面前显示恭敬。

你看看忠原，他的头多亮。忠杰又说。

李作家这才留意到，在"社王"那里忙活的赵忠原没有戴假发，烟雾之中，他头上的凹痕隐约可见。李作家想，他们对"社王"的尊敬，到了可以不顾伤疤有多深伤疤有多丑的地步。

忠杰笑着对李作家说，我先去拜"社王"，等下和你喝几杯。说完提着塑料桶到"社王"那里去了。

李作家在脑子过了一遍八度屯的"电影"后，盛大的聚餐开始了。主角当然是赵忠原、赵胜男和杨永。赵忠原带领赵胜男和杨永一桌一桌给屯里人敬酒，说得最多的一句话就是，胜男和杨永的喜酒，我以后补！

喝多了酒的李作家轻飘飘的，他想，如果他浮到半空中，他会看到什么？他会看到，农历七月十四这一天，八度屯无数的头颅和手臂，被一个篮球场框成一幅图画，杂乱又透出美感。这副图案,藏着八度屯157户人家的所有秘密。

五

要理解一条生命,你就必须吞下整个世界。谁说的?好像是那个写《午夜之子》的鲁西迪透过他的小说人物说的吧。这句话,李作家很认可。刚到八度屯的那些日子,只要李作家一在村头出现,很多人就围上来诉苦,目的就是想多要一些补贴。如果你把这些场景跟他们以前的生存际遇割裂开来,很容易得出这里的人很贪,都在想怎么样不劳而获的结论,会心生不悦,因此戴上有色眼镜看待他们,如果再把这样的消息传出去,就会引起很多人对他们的误解。事实确实如此。有一段时间,李作家回城,在各种场合,都听到关于贫困户的各种段子,大多是怎么跟政府闹要补贴,懒惰,无知,等等。如果是很好的朋友,他会跟他们说屯里的真实情况,讲一户一户人家,他们都遇到什么样的事情。有时喝多了酒,他就会高声对朋友们说,穷人刚刚得到一些关注,你们"中产"内心就不平衡,就受不了了?李作家跟他们说,在这个世界上,都是富人编穷人的段子,而穷人编不了富人的段子。朋友说,穷人编不了富人的段子?为什么这样讲?李作家说,因为他们没有这份闲心，而且他们也想不出来，怎么去编富人的段子，他们都各自为自己的生计忙得屁滚尿流！李作家会因为一些关于贫困户的段子跟朋友们发生争论，每次都被"群殴"，李作家很郁闷，难道是我错了吗？

这样的事，终于发生在八度屯。

李作家的好朋友，省戏剧院的伟健为支持李作家，来八度屯进行慰问演出。之前伟健曾跟李作家了解村里面的情况，想以村里面的故事作为素材，创作一个小品。李作家跟他讲了赵忠原在浙江受伤的事情，为遮住伤疤，先是戴帽子，后是戴假发。伟健觉得有意思，就创作了一个小品，伟健对李作家说，这个小品，全国首演就放在你扶贫的地方。全国首演，伟健的口气很大，他确实有些牛气，他在中南几省喜剧界小有名气，他的节目，差点入选央视春晚。在省电视台，每周有一档情景剧场，由他领衔出演，说他是明星，一点都不过分。所以他说的"全国首演"，一点都不夸张。

八度很多人都在电视上看过伟健演的小品，知道他要来屯里演出，都很高兴，早早就来到屯里的篮球场等候，十多天前，这里刚刚举行大型的聚会。伟健也是拼了，以前他的标志性发型是大背头，为了这个小品，他剃了一个光头，由此看出他对自己的新节目非常满意。他顶着光头出现在李作家面前，李作家都认不出来。

忙中出错，出发时伟健把重要的道具——剧中人的假发忘记带了，化装时才发现。为了救场，李作家只有找赵忠原，借他的假发当演出道具。

八度屯好久没有这样热闹，附近村屯的人都来了，就是为了一睹伟健的风采。

赵忠原一家，就坐在李作家的旁边。忠原的假发献出去了，他戴了顶帽子，等着看伟健出场，等着看伟健戴上自己的假发，会是什么样子。

歌舞、杂技、魔术、小品，伟健在众人的期待中登场了。

一个秃头的贫困户，因为懒惰、不思改变，把政府送来的两头种羊，一头卖了买假发，好显年轻去追一位姓农的寡妇，一头杀了吃肉，还嫌政府发的羊太老，自己啃不动……

全场的人，包括赵忠原，笑得前仰后合。

坐在赵忠原身边，李作家无地自容。

李作家觉得他和伟健是两路人，甚至可以说他和伟健不是同类。当初他跟伟健聊赵忠原的故事的时候，特别说到他头上的疤痕，凹下去的螺纹钢的痕迹，风大的时候，头上就响起口哨的声音。伟健怎么就不记得呢，大概他的兴奋点不在这上面，他真的很能化"腐朽"为"神奇"。舞台上，赵忠原那顶拿来遮伤疤的假发被伟健用夸张的肢体动作，套在油得发亮的光头上面，满场的人爆发出惊天动地的笑声，李作家觉得非常的难过。演出结束，伟健兴冲冲地问李作家，怎么样？效果不错吧。李作家强压心中的不满，说不错，你听那满场的笑声。他很想跟他说，要理解一条生命，你必须要吞下整个世界。但是，对于伟健，对于很多人，这也许苛刻了一点。李作家觉得自己没有同道。没有。

后来这个小品，爆红南方几省，真的成了伟健新的代表作。他的光头，真的不白剃。倒是可惜了忠原的假发，被伟健的光头套了一遍，就大了一号，害得忠原经常用手去扶。

这让李作家始料未及。

六

胜男发现杨永躺在床上，整晚睡不着觉，是中秋节过后不久的一个晚上。这个杨永，整晚睡不着觉已经有十多天，都没有跟胜男说。这个安静的失眠者，躺在胜男身边，眼睛始终睁开。

黑暗中，胜男讲梦话，叫了声杨永。杨永一震，马上应答，有什么事？并且用手去推她，把胜男给推醒了。

迷糊中，胜男说，你想做什么？

杨永说，你叫我的名字，我以为你有什么事情要跟我说。

没有啊。

哦，那你是讲梦话了。

我讲梦话你听得到？你不睡觉呀？

我睡不着。

怎么睡不着？

不知道，已经很多天了。

你怎么回事？

胜男觉得问题严重，你睡不着觉，你怎么不跟我说？你不睡觉，你也不觉得累？胜男想到这些天来，白天杨永跟她去帮她舅舅建房子挑砖头，而每个晚上，两个人缠在一起做爱，没感觉杨永有什么不对头。

胜男按了开关，房间亮堂堂的，灯光刺得胜男睁不开眼，而杨永的双眼则炯炯有神。

我也觉得奇怪，以前在泉州，宿舍里不管怎么闹，我都睡得着。他说。

杨永在跟胜男回来之前，在泉州的刀具厂打工，八个人一个宿舍，每天晚上工友们在宿舍里打牌喝酒，闹得很晚，也不影响杨永呼呼大睡。

是不是太安静了，你不适应。胜男说。

我也不知道，以前在泉州，躺下不久，脑子一下就迷糊，然后一觉到天光，现在，脑子越睡越清醒。杨永说。

胜男心疼杨永，她抱住他，来来来，好好睡好好睡。她用手抚他的头。她让杨永枕着她的手臂。杨永也很配合，假装睡着。假装。

但是假装不了多久。之后的几个晚上，他把胜男的手臂都睡麻了，脑子还是亮堂堂的。

很多人和事，在他脑子里，像在放大镜下边，一清二楚。

"放大镜"下的泉州工地，宿舍里的男人，刘海、张全、莫小成，对了，莫小成，他最好的兄弟，安徽人，圆脸，大个子，脾气好得上天，什么事都说好好好，什么事都说我来我来我来。他离开泉州时莫小成都哭了，他说他要来看他。还有蒋继石，瘦，矮，老板叫他蒋总裁，他也答应，手机屏幕，真的用一张蒋介石作报告的黑白照片，他的手机一响，蒋委员长就跳出来。这是我哥。他说。煮饭的王姐，胖，每天笑脸盈盈，她和老公马哥承包工地的小饭堂，给杨永他们煮饭。每一个人都可以跟她开玩笑，她不气恼，她老公马哥也不气恼，他们就这样把钱给赚了。王姐还是胜男和杨永的媒人，开始王姐把胜男介绍给自己的弟弟王涛，王涛把胜男的肚子搞大，然后就跑了。王姐替弟弟收拾残局,把胜男当妹妹,跟她一起骂王涛,带她去做人流,让她管饭堂的账。王姐对胜男说,王涛不行,花心,你跟他肯定没有好果子吃,你要找个老实的。王姐说,不可能谈一个就成功的,不瞒你说,我谈了两个,第三个才到老马,我也打过胎……她怕胜男不相信,当着胜男的面问老马,老马,我在跟你之前谈了几个朋友?老马说两个。王涛是个王八蛋,王姐是个神仙,胜男把王涛当坏人,把王姐当好人,有多恨王涛,就有多喜欢王姐。王涛是王涛,王姐是王姐。王姐说,整个工地,就是杨永最老实,听话,又不用养父母,你跟他互相了解,合适的话带他回家当上门女婿。后来胜男真的这样做了。才有了前面那首谱上野马镇山歌调调的关于杨永的换行文字:

爹妈走了。

姐姐带大。

十五岁去福建。

二十五岁碰到胜男。

胜男比他大五岁。

这样的人,

适合带回家。

给爸爸赵忠原，

养老送终！

放大镜下，泉州工地上，小饭堂里的胜男，穿一条很紧的牛仔裤，看到杨永的时候，眼睛就亮一下，然后低头打菜。她被王涛抛弃的故事工地上的每一个男人都知道，开始的时候杨永还在宿舍里跟朋友们一起笑话她，多多少少有吃不到葡萄的感觉。后来他跟她好，情况又不一样了。以前一副看不起胜男的样子都是装出来的，等到胜男跟他好，他感动得都要哭出来。如果王涛那个王八蛋是个老实人，哪里还能轮到他。他对胜男死心塌地。胜男说我三十岁了，爸爸身体也不好，我们不要在外面打工了，回八度，结婚，在附近找些活干。杨永二话没说，就跟胜男回来了。

……

晚上杨永一上床，就害怕脑子里的"放大镜"。他甚至觉得这个"放大镜"就像胜男家门口的照妖镜，而自己像个虚弱的妖精，要被它收了。吃安眠药，不灵。吃本地土药，也不灵。杨永身体就吃不消了。长时间睡眠不足，谁的好身体也吃不消。这段时间，杨永容易闹肚子，一吃药就好，一停药就不行。胜男带杨永到县医院去体检，没查出什么，也只好给他开止泻药。回来八度有两个月了吧,杨永人瘦了一圈,眼眶都凹下去了。

医生治不好,只能自己想办法了。老丈人赵忠原想的办法是让杨永跟他睡一张床上,他认为自己常年对"社王"恭恭敬敬,身上多多少少有点仙气,他想让自己身上某种神秘的力量发挥作用,把自己的女婿尽快地打入睡眠之中。在八度屯,他把自己当成"半仙"。这一回,他要有用武之地了。

赵忠原每天睡前烧香、烧纸,好像阴间有一个主宰睡觉的睡神需要祭拜一样。除了这一点有些神秘之外,其他的招数很接地气,就是没完没了的唠叨和震天价响的呼噜声。凡是声音,皆有魔法,他都唠叨什么呢?屯里的各种灵异事件。

比如:很多年前,八度这里的房子没有这么多,也没有这么好,那时,赵忠原还是一个青年,一个晚上,隔壁的赵忠化一家人正在吃饭……赵忠原的唠叨那可是真的唠叨,他不是直奔主题,而是尽可能拖延,关键或者不关键的地方,还让杨永猜剧情,就像今天很多注水的电视剧,放到一半,插播广告……

一个晚上,忠化一家人在吃饭,你猜,他家有多少人?

杨永说八个。

你怎么知道?

我猜的。

哈哈哈哈猜对了。

忠化一家人在吃饭，忠化呢，家里面人口多嘛，开支大，加上刚刚建好房子，所以就在嘴巴上下功夫。不光他家，八度很多家都这样，如果有十块钱，那九块留来建房子，一块留来吃。

杨永说跟我老家那边比，反过来了，我们是如果有十块钱，九块拿来吃，一块留来建房子，所以我们那边的人家，房子破破烂烂。

忠原说，忠化家在一块钱上面下功夫下得够狠，很少买肉，菜是自家种的，那一块钱，拿来买油盐酱醋。

杨永说，那得有多苦，就是自家种的菜，也有吃完的时候啊。

忠原说，哪里难得倒忠化，我们现在才吃大棚蔬菜，忠化家很多年前就自己种大棚蔬菜了。

杨永说，那么厉害，谁教他们家种的？

忠原说哪里有人教，有一年冬天，他家挂在牛栏里的菜种被老鼠咬了个洞，菜籽掉下来发芽，忠化突然想保护那些菜芽，用化肥袋搭架子罩住，不久，菜芽就长成了菜叶。冬天啊，地里都是干枯的，都没有一点颜色，这牛栏里的青菜叶，比什么都珍贵。这可帮了他的大忙了,从那时起,每一年的秋季和冬季,忠化都在自己家的自留地,用化肥袋搭架子,种菜。

杨永说,忠化的脑子好用。

从吃饭绕到为省钱发明大棚种菜,才是绕了半圈,接下来是介绍家里面的人,又绕了半圈,这才回到正题。

忠原说,他们一家人在吃饭,突然听到敲门声,咚、咚、咚,你猜是谁?

杨永说,亲戚朋友。

忠原说,不对,忠化去开门,门外面并没有人,他以为自己听错了,看到门外没有人,关门继续吃饭。刚刚坐下,门又响了,咚、咚、咚,你猜是谁?

杨永说肯定是哪家调皮的小孩,敲完又躲起来。

忠原说,忠化又去开门,门外还是没看见人,他绕着房子转了一圈,冷冷清清,又转回家,关门的时候,突然觉得身后有一阵风。蛇!蛇!他家的小儿子喊了起来,忠化这才发现一条蛇游在他脚边。你猜,他们家的人害不害怕?

杨永说,肯定害怕了。

不对,全家都高高兴兴。

为什么?

因为，有肉吃了啊。

原来绕了半天，说忠化家那一元钱都省得很猛，不惜发明大棚种菜技术，就是为了铺垫这从天上掉下来的荤腥。

忠原说忠化家一家人都跳了起来，很快人人手中都拿着一根柴火，去打那条蛇，那可是一条吹风蛇啊，躲过这一棒，躲不过那一棒，你想想看，八个人哪，打下去就像下雨一样。很快，那条蛇就变成桌上的一道菜。接下来怎么样？你猜。

吃完就睡觉呗。

不是，我是说第二天。

杨永说不会死人吧。

唉，跟死人差不多，他家小儿子失踪了。他家小儿子，在县城读初中二年级，头一天晚上在家里吃饭，他第一个看见那条蛇，还吃了不少蛇肉，喝了不少蛇汤，第二天上车去县城，从此下落不明。

这就是这些天来，为治疗女婿的失眠症，赵忠原给杨永讲的诸多八度屯灵异事件中的一个，每一个故事的最后，忠原都强调，这是真的。

最终，赵忠原的"方子"显然不管用，唠叨声和呼噜声伴随老年人房间特有的浑浊的气味，并不能让杨永安然入睡，只不过又给他的"放大镜"，增加了新的内容。杨永甚至在脑子里给八度那个失踪的中学生想好他失踪的原因：他肯定是离开家了，吃了那么美味的蛇肉，他突然觉得不能再过这样的日子——靠上天赐予美味的日子，于是他就像当初十五岁的自己，从此离家，不再回来。当时他还没听说那个失踪十几年后又突然回村的老二的故事，这样的事情，也太平常了。赵忠原想拿这样的故事来给他催眠，自然什么效果都没有。

杨永觉得，八度屯的这个孩子不是失踪，而是突然间长大。

他就撤离岳父的房间，换地方，在楼顶的铁棚下，支了张木床，这样能听到哗啦啦的风声。杨永想让哗啦啦的风声，呼唤脑子里的瞌睡虫。但是，这样的声响太过单调，脑中的放大镜始终明晃晃的，多大的风都不能吹灭里面的光亮。

一天，村医忠光来拍忠原家的门。

门开了，他对胜男说，你家杨永失眠、拉肚子的原因，我弄清楚了。

什么原因？

很简单，就是水土不服。

胜男想想，很有道理。杨永十五岁离开家乡去广东，又从广东去福建，已经不适应乡下的水土了。

胜男说，那怎么办？

忠光说，叫他们从你们打工的地方，拿塑料桶接自来水，寄过来，给杨永泡茶喝。

胜男当着忠光的面，打电话给王姐。

王姐在那一头，听到胜男的声音，喊了起来，到现在才给我打电话，有了老公，就忘记王姐了。

胜男说，你那么忙，没什么事去找你，不挨你骂才怪。

王姐说，你有什么事，是不是乡下待不惯，又想回来？我告诉你啊，那个莫小成，那个跟杨永最好的安徽人，回去不到一个月，又捡包袱回工地了，老家现在哪里待得下，除非老弱病残，你们是不是也跟他一样，想回来？

胜男说，不是的，是想让你帮个忙。

王姐说，什么忙？

胜男说，给我寄工地上的自来水。

王姐以为自己听错，什么，自来水？

胜男把杨永失眠、拉肚子的事跟王姐说，王姐满口答应，好好好，我马上给你寄。王姐手机来不及挂掉，胜男听到她跟旁边的人（马哥）说，工地上的自来水能包治百病，我还是第一次听说。胜男没有听到的，是挂掉电话后，马哥说的话，工地上的自来水，寄到胜男的村里，得有多贵。王姐说，再贵也要寄。王姐也是脑洞大开，不仅寄水，还给胜男寄来工地上的木渣、塑料管接头、制作道具用的工具等等杨永熟悉的东西。王姐希望杨永看到这些熟悉的东西后，能镇脑安神。她对马哥说，睡不着觉，肯定是心理问题。

从那时起，野马镇快递收发点，多了来自福建的特殊的邮件，赵忠原久不久就过来打听，我家的水，寄到没有？

一个月以后，杨永扛着他的帆布袋，上了去县城的班车。在八度的几个月，他享受新婚的甜蜜，也饱受失眠的折磨，他一头钻进前往县城的中巴，把新郎官的生活，留在八度。这是小两口的第一次别离。离开八度的头一晚，夫妻俩有一场对话。

胜男开玩笑说，你又要恢复单身了。

杨永说，我可不想这样，在福建看不到你，我心会发慌。

胜男说，这都是命，以前想得太简单，你看八度150多户，夫妻同时在家的，也没有几户。两个人同时在家才不正常。

杨永说，也是，我这段时间在村里，都听到闲话了，不缺胳膊不少腿，怎么不出去干活，好像夫妻同时在家，就是罪过。

胜男说，就当回来休婚假吧，这个婚假把你折腾得没有人样。

杨永说，也真的是奇怪的事情，王姐寄来的自来水，还真管用。你不信还真不行。

胜男说，也不知道是你慢慢适应了八度的水土，还是工地的自来水帮了大忙。我担心你到工地上又不适应那里的水土，到时，又该我给你寄水了。

这个时候，杨永的脑子里出现工地宿舍八个人闹腾的场面，很奇怪，这是他回到八度，睡得最好的一晚。

七

半年之后的一天，李作家接到赵忠原的电话，电话那头说话很急，要李作家快去帮忙，送赵胜男去医院。李作家开车赶到赵忠原家，胜男腆着个大肚子，坐在椅子上。

看见李作家，忠原说，领导，医院的车送病人去县城，没办法，只有叫你了。

怎么回事？李作家问。

忠原把李作家拉到一边，轻轻说，胜男不舒服，出血了。怕是要流产。

李作家赶紧让胜男和忠原上车，路不好，也不敢开得太快，心便焦急起来。但又不能表现出着急的样子，一路安慰他们，没事的，没事的。在福建的杨永这个时候也打来电话，他在那边哇哇叫。李作家叫忠原把电话拿到他的耳朵边，他跟杨永说，没事的，没事的。

果然没事。怀孕五个月，胜男还是第一次做孕检，不做不知道，一做把人乐坏了，是双胞胎，出血是因为胎盘前置，很常见的一种症状，只要平时小心，不会有大的问题。听到这个消息的时候，忠原是懵的，不敢相信这是真的。胜男笑颜如花，马上给杨永打电话，李作家没听见杨永在那边说什么，只听到胜男笑着对他说，你不要疯，你不要疯。杨永肯定也是乐坏了。

看着眼前的他们，李作家内心有一种喜悦。

是新的生命带来的喜悦。

捕蜂人小记

李作家被一群蜜蜂缠上。它们在他身边飞舞，有几只还爬在他脸上、头上。李作家屏住呼吸，一动不动。

蜜蜂也会蜇死人的。

头天晚上，劳累了一段时间的精准脱贫工作组的队员们在村委副主任老罗家聚餐，喝老罗家自酿的米酒。米酒苦涩，很难下咽，为了照顾李作家，老罗给李作家喝加了蜂蜜的酒，加了蜂蜜的米酒甜甜爽爽，李作家一不小心就喝多了，直到现在，酒劲未消，李作家头重脚轻。

是不是喝加了蜂蜜的米酒，身上的糖分增加，才招来蜜蜂？如果是这样，李作家现在享受的"待遇"跟油菜花一样。

主人赵洪民，就没有这样的"待遇"了，他和李作家近在咫尺，上下飞舞的蜜蜂对他视而不见。

你味道重，招蜜蜂。

赵洪民不会说话，你味道重招蜜蜂这句话，他说出了你味道重招苍蝇的意思。好像爬在人脸上的小动物，不管是苍蝇还是蜜蜂，都是一路货色。

我昨晚喝酒，加了蜂蜜。李作家说。

难怪。赵洪民说。

不会是在报复我吧，吃了他们的糖。李作家说。

不是的，不是的，如果是那样，最该报复的就是我了。赵洪民边说边用手帮李作家赶蜜蜂，李作家说哎呀哎呀，不要动手不要动手，它们会蜇我的。

不要怕，只要不是拍蚊子那样拍它们，它们就不会叮你。赵洪民说。

说话间，那些蜜蜂飞离"味道重"的李作家。

这些蜜蜂，要报复，也先来找我。赵洪民说。

为什么这么说？李作家问。

蜜蜂是我养的，它们酿出来的糖，都被我卖掉了。赵洪民笑着说。

原来是这样，赵洪民是个养蜂人。

飞舞的蜜蜂、轻松的话语，给李作家的"遍访"（访问所有贫困户）带来了一丝轻松。

现在蜂蜜多少钱一斤？李作家问。

一百二十元一斤。赵洪民回答。

赵洪民身穿被淘汰了的草绿色的公安服，用来固定肩章的布条因为扣子脱落翘了起来，赵洪民带李作家走进自己家中，肩上的布条一摇一摇，像两块芒果树的叶子。

刚刚坐下来，赵洪民就叹气。唉，李作家，唉，李作家。

怎么啦？

你来我们这个地方，不容易，受苦啦。

赵洪民心疼李作家。在八度屯，这可是太阳从西边升起的事情。李作家去拜访的那些贫困户，从进门开始，五分钟之内家中的人就把自己的诉求竹筒倒豆似的说出来了，哪里想到李作家辛苦不辛苦，容易不容易。

八度屯的养蜂人，给了李作家一丝暖意。

这是工作，再说也不怎么辛苦。李作家说。

辛苦那是肯定的，天天都见你在村里忙活。赵洪民说。

应该的，应该的。

你是个作家，都写过什么书？赵洪民又说。

不值一提，不值一提。李作家回答。

李作家有些不好意思，这样的问题他在很多地方经常被问到。刚开始的时候，他没有经验，只要有人问起，他就老老实实地回答自己写过什么作品。听完他的话，提问的人一般都是一脸疑惑。更要命的是，很多人会说，我只知道莫言，这让李作家无地自容。后来他学乖了，只要遇上这样的问题，他有两个答案来对付，一个是惭愧、惭愧！另一个是不值一提、不值一提！

没想到在八度屯，这样的问题又被问了一次。

不值一提，不值一提。李作家又说了一遍。

赵洪民说，我只知道莫言，得了诺贝尔奖。

相同的剧本。文学诺贝尔奖的威力太大，都炸到八度屯来了。

你看过莫言的书？李作家问。

没有，我只知道莫言他为国争光。赵洪民说。

这是大实话。人类的情感朴素得很，哪怕是一个八竿子打不着的人，他取得非凡的成绩，只要跟你是同一个族群，你会由衷的高兴。当初莫言获得诺贝尔文学奖，李作家就是赵洪民这样的感觉。跟赵洪民不一样的是，李作家读过很多莫言的作品，好些作品他很喜欢。

下次去北京开会，我帮你要他的签名。李作家说。

签名嘛，这个……这个……赵洪民说，有点勉强，似乎对签名不怎么感兴趣。

赵洪民家四口人，夫妻两个，一个儿子一个女儿，儿子读高职，女儿读高一。他家最大的困难，就是夫妻两个在野马镇做建筑工挣来的钱，刚好够女儿和儿子的生活费。他和妻子的日常开销，全指望家里养的野蜜蜂。

跟那些开着卡车拉着蜂箱一路追赶花期的养蜂人不同，赵洪民养野蜜蜂，完全靠运气，就像有些地方的人抓野猪回家来养一样，都是朝不保夕的事情。

二

　　找野蜜蜂有几种方法，最吃力的是上山，在石头缝里找。一座座大山，有很多很多的石头缝，一道缝一道缝去找，地毯式搜索，这要花很长的时间和力气。数着石缝找蜂巢，全凭运气。有一次，赵洪民找到一个蜂巢，收获十五斤蜂蜜并把蜂群带回家里，靠的就是运气。那天，他查看了几百条石缝，从早到晚，一无所获。回家前，他在一块巨石上休息，他两手无聊地垂在石头边上，突然感觉手上有什么东西在爬，抬手一看，是几只蜜蜂，他精神一振，不敢相信自己的眼睛。在这之前，他根本没有看见蜜蜂在飞，这几只神秘的蜜蜂，肯定来自石头深处。果然，他手中的小蜜蜂又消失了，赵洪民沿着蜜蜂消失的方向寻找，找啊找啊，才发现这块巨石下面，一道非常隐秘的石缝，赵洪民拿一根长长的树枝往里轻捅，上百只蜜蜂嗡地飞起来，他直挺挺伏在地上，那些野蜜蜂越飞越多，铺天盖地，把他裹成一个人形模具。直到天黑，最后一只蜜蜂从他身上爬回蜂巢，他才连滚带爬跑回村里。在家里扒了几口饭，叫上村医忠光，带上工具，再一次来到大石头边，先是慢慢找出蜂王，再引出蜂王忠实的拥趸，再慢慢敲开石缝，那块流蜜的石头，一直让他和忠光忙到天亮。

另一种方法就是寻找蜜蜂飞行的方向，判断蜂巢在什么地方。一般都是先到开满野花的坡地上蹲守，采花的工蜂在花蕊间忙活，之后沿蜂巢的方向飞去。这个时候要用望远镜观察，死死盯住飞行的蜜蜂，看它们飞往哪一座山冈，查清它们的飞行航线，然后追踪。越接近蜂巢，蜜蜂越是狡猾，一般会突然散开，飞往不同的地方，之后会在一个隐秘的地方会合，再往蜂巢飞去。这就给捕蜂人带来很多迷惑。面对"航线"上突然四下散开的蜜蜂，你不知道再往什么地方追踪。这个时候要有耐心，可以坐下来休息，捋一捋头绪，不是所有的蜜蜂都狡猾，也有大意的蜜蜂，这时候要做的，就是等那个笨蛋出现。笨蛋一般都不走寻常路。笨蛋也许是厌倦了这种防盗猎的战术，采得花来，直接飞往蜂巢，这就给赵洪民这样的捕蜂人可乘之机。

还有一种方法，这种方法不是"直捣黄龙"，而是"带你回家"。所谓"带你回家"，就是把迁徙中的蜂群，想办法"请"回家中，把野蜂变成家养的蜜蜂。跟"直捣黄龙"不一样，"直捣黄龙"相当于杀鸡取卵，"带你回家"则可以细水长流，道理就不用多说了。"带你回家"一般也有两种方法，一种比较温柔，就是守在蜂群迁徙的线路上，等蜂群停下来休息的时候，放上准备好的蜂箱，诱惑蜂王。另一种比较粗暴，等不到蜂群落地休整，用满天的飞沙使蜂群"迫降"，然后找出蜂王。

三

一个难得的休息日，李作家跟赵洪民去找迁徙的蜂群。

九月里，稻田一片金黄，这个时候，家大业大的蜂群，都会迎来分家的日子，蜜蜂的世界是不是也跟人间一样，合久必分。赵洪民带李作家采用的方法，是比较粗暴的那种，就是用满天的飞沙，使蜂群"迫降"。

突突突突，赵洪民那辆破旧摩托车，载着李作家，一颠一颠出了八度屯。摩托车的后架，驮着一袋几十斤的沙子和两个蜂箱。沙子是到镇上的野马河边捞的，捞沙子的时候，赵洪民不小心被沙子中的玻璃划破食指，他把食指放到野马河里晃了晃，拿起来放到嘴里含，血就从嘴巴里流出来，他舔了好久才把血止住。因为他定好时间带李作家去找野蜜蜂，所以手指受伤的事他不敢跟李作家说，怕李作家取消这次行动。他把沙子带回屯里，到村医忠光家拿纱布包扎，第二天就带李作家找野蜜蜂去了。

李作家好久没有这样放松过,摩托车在山路上颠簸,他闭着双眼,闻到浓浓的稻花香,这些天来的疲劳一扫而光。他耳边只有摩托车的轰鸣。在摩托车的轰鸣声中,他伏在赵洪民的肩上,好像睡着了。

他并没有睡着,他在回味那天他在赵洪民家,听他讲的故事。

四

这是李作家遍访贫困户以来,时间最长的一次。按照以往的经验,在了解完赵洪民家的基本情况之后,就可以到下一户走访。就在李作家起身要告辞时,赵洪民突然说,如果你今天跟我喝杯酒,我就跟你说说我的故事。

李作家一下子来了兴趣。

虽然组织上规定不准在贫困户家吃饭,但是李作家来到八度屯之后,发现这样的规定有时行不通,有些贫困户,一碗粥一杯酒,你如果拒绝,下次再来他就把你关在门外。

李作家答应留下来吃饭,不到十分钟的时间,菜就上桌了。

这段时间，附近村屯的红白喜事比较多，打包回来的剩菜塞满冰箱——在遍访的时候，李作家发现几乎所有的贫困户家里，都有冰箱和微波炉，这跟他之前想象的不一样。时代在进步，冰箱和微波炉已经变成乡下人家和碗筷一样平常的必需品——这些从红事或者白事餐桌带回来的菜品从冰箱里拿出来，经过微波炉里加热后，散发着浓浓的酒味，闻着这些酒味，你能闻出一个村庄的喜悦和伤悲。

一个女人这个时候走进来。

这是我的前妻。赵洪民笑着说。

李作家一怔。

女人笑了起来，领导你好，这是我的前夫。她说，算是对赵洪民的"回敬"，这对夫妻，前妻、前夫地称呼对方，很有娱乐精神。

光凭这"前夫"和"前妻"的称谓，李作家看出这对夫妇的关系很不一般，跟八度屯的其他夫妻都不一样。八度屯的其他夫妻，李作家去遍访，一般都是一个人说话，不是男的说，就是女的说，一个说话，一个就在旁边，神情淡漠。

三个人坐在一起，酒还没斟上，李作家碗里的菜小山一样，都是"前妻"夹的。

两杯酒后，赵洪民说，今天我要给你讲的，就是她怎么嫁给我两回的故事。赵洪民看着"前妻",胜券在握。

原来是这样,同一对男女,结两回婚,所谓前妻和前夫,其实是一回事。李作家从来没见到八度屯的人如此幽默。

赵洪民说,我们真是一对打不散的八度鸳鸯。

"前妻"说,我就是笨,嫁他两回,相当于被同一颗石头绊倒两回。

在同一条河上淹两回。赵洪民说。

挨同一根木棒打两回。"前妻"说。

在同一张床上……有福自然在。赵洪民说。

李作家说,你们两个很欢乐嘛。

"前妻"哈哈哈哈笑了起来。欢乐,欢乐。她的眼睛掠过一丝落寞。被敏感的李作家看到了。

"前妻"名叫赵桃花。

五

那年春天他们第一次结婚,雨水正盛。

从野马镇民政助理赵俊能手中接过结婚证,两个人就冲进雨里。按说野马镇的人应该没有这么浪漫,这么大的雨,就应该躲在屋檐下,等雨停,就是领了结婚证,也不急着回家。赵洪民和赵桃花两个人急匆匆赶路，是因为家里的母猪就要生产。

一辆双杠自行车，车杠上驮着五十斤精料，后座上坐着赵桃花。一把黑伞，被赵桃花高高举起，斜飞的雨，打在他们身上，闪亮闪亮。从野马镇到八度屯，几公里的路程，自行车扭来扭去，车轮上的泥水溅了赵洪民一身，使他变了颜色。噗、噗，赵洪民不停从嘴巴里吐出雨水，眼前一片迷糊。他仗着常年在这条道上来来往往，就是闭着眼，也能平安回到八度屯。

赵桃花在他身后，觉得从今天起，她已经变成女主人，从今天开始，她要唠叨。她这是第一次对赵洪民这样说话：母猪生产以后，连母带仔，卖掉。

对，卖掉。两头母猪，这回至少要生十几头，养十几头猪崽，还不累死。赵洪民说。

牛也卖掉。赵桃花说。

牛就两头，早上放养，晚上回家，不是很费力气，为什么要卖？赵洪民说。

你就想守着两头牛过日子？现在不一样了，现在成了一个家，两个人守着两头牛，过不下去。赵桃花说。

好，卖掉，在屯里开小卖部，你当老板。

开小卖部，还不如养牛呢，牛生牛，也比开小卖部强。

卖牛之后呢?

地租出去给他们种甘蔗。

地也不种啦?

不种啦。

那吃什么?

你这个猪头,我都讲到这个分上,你还不明白我的意思。

赵洪民一拍脑袋,明白了,明白了。

两个人说着话,消失在雨雾之中。

六

夏天的南宁,天气闷热,空气用手一握,都要捏出水来,在露天行走,没有一个人不汗流浃背。

楼顶上的赵桃花,脸上布满汗珠,跟春天不一样,春天,她那张脸湿得冷冰冰,夏天,她这张脸湿得火辣辣。

楼顶上白色的床单、被套迎风招展,那是赵桃花刚刚晾上去的——从这个出租房的一楼到五楼,她挑着一担刚刚浆洗好的物品,一层一层爬,来到楼顶,一张张被套和床单依次在她手里抖动,然后飘在铁丝上,成为迎风招展的旗。

这是八度屯老乡李宗翰开的洗涤店,专做附近小旅馆、私人诊所的生意。

赵桃花和赵洪民来南宁，赵桃花在洗涤店干活，赵洪民在木板厂干活。赵桃花挑浆洗好的物品到楼顶晒；赵洪民在木板厂，拔废旧木板的铁钉。他俩一个成天站立，一个成天弯腰。

李宗翰的洗涤店安装有洗脱机和烘干机，天气热的时候，为了省电，只开动洗脱机，停掉烘干机，洗脱好的床单、被套就叫赵桃花拿到楼顶上去晾晒。南宁只有两个季节，夏天和冬天，夏天九个月，冬天三个月。于是，这九个月，赵桃花除了下雨天，每天都要上楼下楼。赵桃花没有觉得自己被怠慢，也不埋怨李宗翰有烘干机留着不用，反正能用八度屯的土话跟老板交流，在南宁算是很了不起的事情，她干起活来非常卖力，就像做自己家的活儿一样理直气壮。

李宗翰的老婆马巧枝患有精神病，有时清醒有时糊涂。清醒的时候，帮店里做饭，不清醒的时候也跟赵桃花一起挑浆洗好的衣物到楼顶，往往是赵桃花一低头，看见李宗翰的老婆挑着担子跟在她后面，赵桃花心里就叹气，唉，又犯病了。

犯病了的马巧枝不停地嘀咕，声音小得只有自己听得见，她那张脸因为长期服药，有些浮肿，她没事时喜欢照镜子，左脸看看，右脸看看。

清醒的时候，马巧枝喜欢跟赵桃花聊天。赵桃花记得她无数次跟自己聊,说,你说精神病会不会传染?

赵桃花说精神病不会传染。

如果不传染,那我怎么得病,是刘爱凤传染给我的。马巧枝说。

刘爱凤是李宗翰弟弟李宗林的老婆。刘爱凤生有一个孩子,孩子五岁的时候,有一天刘爱凤突然发病,脱光衣服满村跑。李宗林一边拿着床单去追她,一边朝村里人喊,不要看!不要看!从此之后,这样的情形经常在屯里出现。八度屯的屯长忠深一家一户上门,对屯里的人说,以后刘爱凤跑出来,你们不要围上去观看,要留在家里,要紧闭家门,如果在地里干活,要主动拿衣服蒙上自己的眼睛。李宗林家的廊檐下面绑了一截废铁,只要刘爱凤一跑出家门,李宗林先急急地敲那块废铁,当当当当当当,意思是刘爱凤又跑出去了。李宗林敲钟之后才去追她。听到钟声,八度屯的每个人都往附近的房子里跑,在地里干活的,这个时候则蒙住自己的眼睛。待李宗林把刘爱凤带回家中,当、当、当、当,一阵舒缓的钟声传来,"警戒"才算解除。

马巧枝说是刘爱凤传染她,是因为她之前曾经去照看刘爱凤,后来她也得病了。

在洗涤店,马巧枝清醒的时候总是对赵桃花说,如果刘爱凤不得病就好了，那样她就不会传染给我了。这对妯娌，一个姓马，一个姓刘，从不同的村庄嫁到李家，相隔十年，先后患上精神病，这是八度屯一件很诡异的事情。

在洗涤店，马巧枝和赵桃花聊天，马巧枝说如果刘爱凤没有把精神病传染给她就好了。这个时候如果李宗翰在场，他就会对马巧枝说，那样的话，你就当不上老板娘啦。

在老婆犯病之前，李宗翰打死也想不到他会在南宁开洗涤店，老婆犯病之后，为了不像弟媳那样，犯病后闹得整个八度屯鸡飞狗跳，他早早就把马巧枝送到南宁市第五人民医院。老婆在里面住院，他就在附近打散工，之后两个儿子也来到南宁，三个人一边打工，一边照顾马巧枝，后来父子三人租了城中村这栋五层民房的三层，开洗涤店，他们一家，现在成了八度屯比较富裕的家庭。

在洗涤店，马巧枝经常跟赵桃花说她的精神病是刘爱凤传染给她的，久而久之，赵桃花自己也紧张起来，她也对赵洪民说，到底精神病会不会人传人？

最终她还是平安无事。

赵桃花想，每天能清醒着，上楼下楼，其实是一件幸福的事情。

七

洗涤店平安无事，木材厂出事了。大事。

赵洪民被老板钟铁看中，想招他做女婿。

钟铁女儿残疾，成天坐在轮椅上，需要人照顾。

首先要怪赵洪民，来木材厂上班时，钟铁问他，成家没有？

他回答没有。

介绍他来木材厂打工的中介老黑告诉他，老板问你结婚没有，你要回答没有。赵洪民问老黑，为什么这样回答？老黑说，老板怕员工有家室，不安心工作，干不长。赵洪民一想，也有道理，老板都希望工厂人员稳定，给他挣钱。所以钟铁问他，成家没有？他回答得很干脆，没有！

木材厂的主要业务就是从各个工地低价收来废旧板材，工人们从上面拔掉钉子，去掉污渍，钉子可以卖钱，板材可以重新利用。说白了就是做废旧生意。

老板钟铁在郊区承包有几百亩香蕉，香蕉由他老婆打理，他的主要精力放在木材厂。他的木材厂，工人清一色的未婚男人，他们每天弯腰拔钉子，除了固定工资外，每人每天拔了多少钉子,拿去称,每斤三十五元,算作奖金。

货车开进木材厂,哗的一声巨响,木板被倾倒,灰尘还未散去,这些年轻的男子就推着推车去装钉有铁钉的木板,运回自己的工位,拔上面的钉子。他们恨不得手上的木板密密麻麻全部都是钉子,钉子越多,他们的收入越高。他们最常见的牢骚是,他妈的,(这块木板)钉子这么少,肯定是偷工减料,良心被狗吃了。

赵洪民就是这群发牢骚的人中的一个。

赵洪民来了半年,有一天被老板钟铁安排一项特殊的工作:推着轮椅陪钟铁的女儿钟丽华到南湖去兜风。

这是钟铁为找女婿设下的"圈套"。

钟铁也不是很随便就找个工人推钟丽华去南湖兜风。为了找一位配得上自己女儿的女婿,他是煞费苦心。十几位工人当中,钟铁首先要物色他要"考核"的"人选"。这些来自农村的年轻人,性格各异,有些不喜欢说话,有些叽叽喳喳说个不停。钟铁自己,南宁市郊长大,平时不喜欢说话,喜欢跟开朗的人在一起。开朗的人没什么心计,跟这样的人在一起不会担心自己被出卖。虽然这样,到底给女儿找一个什么样性格的人,他也说不准,哪一种性格的人都有优点和缺点。厂里的十几个人,有闷头干活、一天到晚不怎么说话的人,有一上班就讲笑话、讲得旁边的人笑得前仰后合的人,他们中谁适合当他的女婿?他吃不准。钟铁的女儿,因为残疾的原因,也不喜欢说话,性格有点孤僻,如果找一个只知道闷头干活的人,不知道哄人,估计长不了,但是开朗的人油嘴滑舌,是不是真心真意也难说。倒是他老婆想得开,话多话少不是问题,关键是靠得住。所以他要在十几号人中,物色自己认为靠得住的人,所谓靠得住,最重要的一条是诚实。

一个人诚不诚实怎么看出来?这难不倒钟铁。

木板厂最重要的工作之一就是拔铁钉,工人们在回收的板材上拔钉子,晚上收工的时候提着装有铁钉的盒子拿去给钟铁过秤,谁拔多少,登记起来,月底发钱。

钟铁找一个日子,收工的时候来到工人们中间,装着很急的样子,对十几号人说自己有急事要外出,拔下来的铁钉,不用称了,自己报个数。

拔下来的铁钉相当于口袋里的钱。日复一日的劳作,工人们对自己一天究竟干了多少活成竹在胸,就是不需要过秤也说得出今天自己拔了多少铁钉。既然老板叫他们这样干,每个人毫不客气就报上自己一天的工作量。钟铁认真地记下来。钟铁让他们把装有铁钉的箱子放在自己的工位上,然后让他们离开。

工厂的大门轰地关上，钟铁提来秤盘，一个工位一个工位去称钉子。谁诚实谁不诚实，他一称就称出来了。

赵洪民就是这样被"称"出来的。

那一天早上，赵洪民刚刚走进工厂大门，钟铁就把他叫到身边。钟铁对赵洪民说，今天早上你不用拔钉子了，今天早上你帮我一个忙。

半个小时之后，赵洪民就推着轮椅，轮椅上坐着钟丽华，出现在南湖晨练的人群里。

八

在出租屋，赵桃花捂着嘴笑弯了腰，笑了半天才说，就你这样，还想招你为女婿，老板看上你哪点？

看上我老实。赵洪民说。

老实，已婚说成未婚，还老实。

赵洪民摸摸头。不是为了这份工作嘛，如果跟他说已经成家，他肯定就不要我了。我估计啊，钟老板不是为了挣钱才开的这个工厂，那些旧木板、铁钉能挣几个钱。他说。

你的意思是说，这个工厂，是为招女婿开的？赵桃花说。

至少是开工厂的目的之一。

唉，现在村里，是有很多光棍汉，估计钟老板是急了。赵桃花说。

你说得对，我不是第一个被看上的，前面还有两个。

前面两个后来为什么当不成钟老板的女婿？

赵洪民说，第一个呢，钟老板觉得合适，他老婆觉得不合适；第二个呢，钟老板觉得合适，他老婆也觉得合适，但是那个人，知道老板要把女儿嫁给他，吓尿了，他胆子太小，怕应付不了这件事情，连夜收拾包袱，跑了。

那你呢，钟老板觉得你合适，他老婆也觉得你合适，你胆子大，这件事情你可以应付得了？赵桃花步步紧逼，她想知道，她老公到底想要干什么。

你说什么话呢，我跟他们不一样。

怎么不一样？

唉。我有老婆了。

你还叹气？现在后悔讨我当老婆了对不对？

没有没有，我我我，我感觉我现在变成连夜拣包袱跑掉的那个人。我我我，是替那个人感到可惜，跑什么跑啊，娶了钟老板的女儿，少奋斗三十年，不不，娶了钟老板的女儿，少奋斗一辈子。他女儿其实就是小儿麻痹，人特别好，喜欢听鸟叫，为什么去南湖，就是为了听鸟叫。

我怎么感觉你好像很喜欢成为钟老板的女婿。赵桃花说。

不是不是,我不是在说我前面的那个人吗,我是替他可惜。赵洪民说。

那你打算怎么办?

等结完这个月的工钱,下个月我就找理由离开,我已婚说成未婚,这就是骗人。骗人,也不能骗太久嘛。赵洪民说。

万一人家舍不得,非要招你当女婿,追你追到八度屯,你怎么办?

我怎么会有这么好的命。不可能。

虽然赵洪民这么说,赵桃花还是觉得她的老公心乱了。

确实是乱了。

月底一发工钱,马上走!赵桃花说。

九

赵洪民喜欢推钟丽华到南湖边散步。钟丽华喷着淡淡的香水,她身上的香水味,似乎只给他一个人闻。

香水就像兴奋剂,闻多了会上瘾。

第一次推钟丽华去南湖公园,钟丽华身上的香水味他闻不出来。他紧张,推轮椅,人生还是第一次,陪陌生人漫步,更觉得吃力,他来自八度屯,这样的事情从未经历,走着走着步子就乱啦。

赵洪民有一个特点,喜欢讲话,一个人的时候,他自言自语,两个人在一起,他说个不停,三个人以上,天下都是他的。

在钟丽华身后,他紧张,不好自言自语,也不好跟她说些什么。南湖一圈八公里,头一公里,他脑子里不停地想,陪钟丽华散步和在她家的工厂里拔钉子到底哪样更合算?推轮椅,太不自在了,真不如拔钉子。唉,算了,这就是老板安排的一项工作,转完一圈南湖,我还回厂里继续干活。他久不久就掏出手机看时间,盘算如果这个时候在工厂,自己已经拔了多少钉子,清理了多少板材。

在这样一种情况下,钟丽华身上的香水味,他是闻不出来的。

第二次推钟丽华去南湖,情况发生变化。

一群老头在南湖公园遛鸟,画眉鸟的叫声清脆、悠长,让人心旷神怡。钟丽华不知道画眉鸟长什么样子,也从来没有听到过画眉鸟的叫声。画眉鸟的叫声让她心生欢喜。

真好听。她说。

是画眉鸟。赵洪民说。赵洪民以前在村里,空闲的时候就跟村医忠光到山上转悠，寻找野蜂群、抓画眉鸟、给果子狸下铁锚，久不久会有些收获。他对画眉鸟的叫声太熟悉啦。

画眉鸟，我要看看画眉鸟。钟丽华说。

在人行步道旁边，一片小树林，十几个老人坐在石凳上，离他们不远的树枝上挂着六个鸟笼，有鸟儿在笼子里跳跃、鸣唱。

轮椅停了下来。

一共有六只画眉，六只画眉鸟声音各有特点。赵洪民从每一只画眉鸟的叫声里听出年纪、习性、诉求。

最右边鸟笼里的画眉鸟在笼里扑腾，叫声急促。

赵洪民对钟丽华说，那一只画眉鸟为什么叫得那么惨？

钟丽华说，惨吗？很好听呀。

他快渴死了。赵洪民说。

赵洪民固定好轮椅，走到那群老人中间，指着那只鸟，说，快点在杯子里加水，要不然画眉就渴死啦。

有一个老人站起来，渴死？怎么可能，昨晚刚加的水。他说。

赵洪民说，那就是水杯漏水了。

老人走过去取下鸟笼子，伸头看。笼中的小水杯果然是干的。他妈的，刚刚换的杯子，就漏水了，假货，多亏这个后生仔。他说。老头赶紧把鸟笼放在地上,从随身带的背包里掏出矿泉水,给鸟笼里的水杯注上水后,再挂在树枝上。那只干渴的画眉,低头吸水。那只杯子,果然漏水。

其他五只画眉的主人纷纷去查看鸟笼里的水杯,看过之后才放心地挂在树枝上。

其中一位老人指着那只因干渴而叫声凌厉的画眉,说,渴它一个晚上,第二天肯定是第一名。

老人们都笑了。这些老头,经常把自己的宝贝画眉带到这里,比谁的画眉叫声最响亮。

我的这只画眉平时就是这样叫的,跟渴不渴没有关系。不信你们看,喝完水,它还是这么叫。那只因干渴而叫声凌厉的画眉的主人说道。

画眉没有再叫,经过这番折腾,所有的画眉都安静下来。

轮椅重新转动,因为有了刚才那一幕,赵洪民轻松了许多,他跟钟丽华说关于画眉鸟的趣事。六只笼中的画眉鸟,哪一只叫声是什么样的,赵洪民已经铭记于心。他跟钟丽华讲解,解释六只画眉不同的习性,每说一只,就模仿那只鸟儿的叫声,竟然跟钟丽华之前听到的叫声一模一样,特别是那只干渴的画眉,被他模仿得生动无比。

钟丽华扭过头,看赵洪民,说,好听,好听。

他就闻到了她身上的香水味。

月底的时候,赵洪民没有离开木板厂。

十

还是在他们的出租屋。这一回,赵洪民耷拉着头,像犯了错误的小孩。赵桃花看着自己的男人。她居高临下。

那一次你跟我说老板想招你做女婿,我就觉得不对头。知道你做什么事让我觉得不对头吗?

赵洪民不出声。

回到屋子里,炒菜的时候学鸟叫,拖地的时候学鸟叫,洗澡的时候学鸟叫,鸟叫的声音都盖过水流的声音,就是说梦话也是学鸟叫。赵桃花说。

赵洪民一怔,近段时间,他确实是这样。无时无刻都有画眉鸟的声音在脑子里响起,嘴巴自然而然去缩成吹口哨的样子吹出画眉的声音。早上,他去木板厂上班,不是去拔钉子,而是陪钟丽华去南湖。那些老人已经不在那里遛鸟,他们去了另外的公园,这里没有画眉。没有画眉不要紧,赵洪民就模仿它们,叫给钟丽华听。

到底发生了什么?赵桃花问。

到底发生了什么？

在陪钟丽华去南湖散步的时候，从来没有在木板厂出现的老板娘——钟铁的妻子不远不近地跟在他们身后，一连几天，她得出结论：这个小伙子可以！钟铁问她为什么可以。她说，在公园里，钟丽华想去洗手间，他把轮椅推进女厕所不算，还扶她上马桶。而且不止一次，好些人议论，这个女仔，碰到这个男仔，算有福气。听到妻子这样说赵洪民，钟铁的脸，乐开了花。

你到底想干什么？赵桃花问。

赵洪民到底想干什么？

有一次，钟铁的妻子和钟铁请赵洪民吃饭，详细了解他的情况。赵洪民除了已婚说成未婚之外，家里的情况都跟他们说了。钟铁的妻子也不客气，说你们那里太穷了，得想办法改变呀，人就是一辈子，要过得舒服一点，要有钱，现在年轻，还没觉得什么，拔个铁钉就觉得很好了，以后年纪大，没有依靠就不好啦。什么是依靠，就是钱，就是房子，就是好的生活。人往高处走水往低处流，现在很多人都想来南宁，东盟博览会知道吗？东盟博览会永久举办地就在南宁，国家领导人、外国领导人，每年都来参加。南宁现在都成了国际化大都市了，房价越来越高，房子越来越值钱。像你们这样的人，如果不想其他办法，光在南宁拔钉子，清理木板，不说在南宁买房，就是在县城买房，想都不要去想。钟铁的妻子负责说话，钟铁负责跟赵洪民喝酒。这样的饭吃了几餐，这样的话听了几遍，这样的酒喝了几回，终于轮到钟铁挑明情况。那天，钟铁喝多了一点酒，对赵洪民说，我们是男人对不对，男字的男，就是力字的上面有一块田，意思是，只要是个男人，就要有足够大的力气，来耕田种地。这个男字，是古代创造的，现在已经不适应社会的发展了，我觉得这个男字，现在不应该是这样写，现在男人的"男"字，应该是这样写：左边一个金子的"金"字，右边一个"力"字。钟铁的手在空中写了一个"金"，又写了一个"力"，非常用力，凉风吹在赵洪民脸上。钟铁说，这才是现代的"男"字，所以啊，做一个现代男人，就要挣钱。为什么挣钱？你说为什么挣钱？因为你不知道会有什么坏事情在前面等着你。钟铁语气突然低了下来，我像你这样年轻的时候，什么也不懂，一人吃饱全家不饿，后来成家，有了丽华，就不是这样啦。说到钟丽华，钟铁眼睛红了。他深爱自己的女儿。说起女儿，钟铁动了感情。赵洪民有点吃惊。赵洪民脑子浮现钟丽华回头看他的情形，那阵熟悉的香水味，似乎在空气中飘。钟铁说，我种几百亩香蕉，开木板厂、开螺蛳粉店为的是什么，就是为了丽华。赵洪民这个时候才知道钟老板还开有螺蛳粉店。接下来钟老板说自己怎么怎么辛苦，当初创业就像古代的"男"字一样，很辛苦，到现在，自己终于变成现代的"金力（nan）"字了。钟铁说了一晚上，就是为了最后跟赵洪民摊牌：只要赵洪民跟钟丽华结婚，照顾好丽华，以后这些家产，就是他的。我觉得我们就是一家人。钟铁最后说。赵洪民全身滚烫。

在他们的出租屋，赵洪民开口说话。

我们太穷了，一片树叶飘在头上，都希望它是钱。他说。

一直都是这样啊，你没跟我结婚之前，也是这样，经常做梦捡到钱。洪民我问你，你打算怎么办？赵桃花说。

钟铁说，先把螺蛳粉店给我管。结婚的事先不用考虑。既然结婚的事不考虑，我想能不能让我先去管螺蛳粉店，挣到钱，我再离开？

你真的这样想？赵桃花说。

赵洪民点点头。

你这不是骗人吗？

反正已经骗了，挣到钱，我们就回八度。赵洪民说。

赵桃花说，洪民，我不怪你，你去挣钱吧，这些天，我也想好了，跟马巧枝比起来，我算是幸运多了，她这段时间，又挑着担跟我上楼晒床单、晒被套了。跟她比起来，我算好多了。人啊，只要健康、正常，谁离了谁都能活。

赵桃花说，当钟老板的女婿，我也觉得是天上掉下的大馅饼。虽然我是你老婆，这个事情太大，我也管不了你。如果我要管你，可能有一天你会说，我赵桃花毁了你一辈子。

赵桃花说，洪民，我们离婚，这样，你就真的变成未婚了，就不存在已婚说成未婚，去骗人家的事了。

这个王八蛋赵洪民，想了一个晚上，真的同意了。

十一

摩托车的轰鸣声还在继续，车上的赵洪民和李作家时高时低。离野蜜蜂迁徙的路线越近，路就越陡。他和赵桃花结婚、离婚、又结婚的"情事"这段时间在李作家脑中发酵。那天遍访，在赵洪民家，这对前夫前妻跟李作家讲他们的事情，好像在炫耀。确实值得炫耀。一对夫妻失而复得。他和她离婚不久，就真的去管钟老板的螺蛳粉店了，后来，钟老板又物色了更合适的"人选"，他就被扫地出门了。显然，靠模仿画眉鸟叫声，是成不了钟老板的女婿的。赵洪民和赵桃花结婚、离婚、再结婚，也就是两年内的事情，弄得野马镇民政助理赵俊能非常恼火，他对赵洪民说，民政办，好像是你家开的。那天遍访，在赵洪民家，李作家对赵桃花说，如果是别人，肯定不会再嫁给他。赵桃花说，对。李作家说那你为什么还要嫁给他。赵桃花说，说老实话，我也希望他跟钟老板的女儿成家，赵洪民不是忘恩负义的人，他真当上钟老板的女婿，有了钱，他不会不管我，那样的话，我也沾光啦哈哈哈哈，后来没有成功，又只好做回夫妻啦，这样也不错。李作家一拍脑袋，想，这样的逻辑能成立，也很真实。眼前的赵洪民，头发花白，已显苍老，他和赵桃花，多不容易呀。他现在一门心思寻找野蜜蜂。

摩托车停了下来，赵洪民扛着沙子，带李作家来到一块坡地上，从挎包里掏出望远镜，四处观察。来了、来了。他说，他把望远镜递给李作家，朝蜂群飞来的地方指，你看那边。

李作家透过望远镜，看见一群蜜蜂，朝他们飞过来。

一般蜂工飞在中间，我们朝蜂群最厚的地方撒沙子，蜂王就会跌下来。赵洪民说。

那群野蜜蜂越来越近。赵洪民和李作家一人一把装满沙子的塑料容器，严阵以待。他手指上的绑带格外醒目。

蜂群飞过他们的头顶，他们将沙子高高地撒向天空。

三个人的童话

一

很久以前，有三个异乡人在野马镇结拜为兄弟。

野马镇是什么地方？太平天国伤兵养伤的地方。相当于现在的陆军总医院。太平天国的"陆军总医院"为什么设在这里？因为野马镇大大小小的岩洞就有几十个。山中有洞，洞中有水，山高林密，非常隐蔽，是休养生息的好地方。后来，仗越打越远，伤兵们能走的都追随天王去了，不能走的渐渐被遗忘——开始还有人从前方回来，告诉他们部队的消息，后来慢慢地，就没有人来了，他们跟前方断了联系。老大不管他们，他们也懒得想念老大，干脆在这里建房，开垦荒地，讨附近寨子的女人做老婆。再后来，天王在遥远的天京建国，他们也在这里给子孙开垦出一个镇子。天王的政权灰飞烟灭，而他们——这些天王的伤兵辟出来的镇子，却屹立到现在。

这里从来都是凶险之地，是整个市"最难搞"的地方，分配来这里，相当于发配。镇上所有的机构，从几十号人的镇政府到只有两个人的水文站，都是没有关系留在好的乡镇或是犯错误被调来这里面壁思过的人。

最先来到这里的是老大钟强。

钟强是中学语文老师。

他在师专读书的时候就是一个"怪人",冬天拿雪来擦身子;放假的时候,走路回两百公里之外的家;对女人目不斜视。

钟强师专三年,第一年钻研佛经,经常往南山寺跑;第二年信基督,每个星期天去城东教堂做礼拜;第三年,想"从政",看《史记》《资治通鉴》《厚黑学》。有一天,他在等公交车,公交车发生故障冲上站台,把一对母女当场撞死,要不是他躲得快,也会横尸街头。那时正是冬天,钟强的外套遮住那位母亲的尸首,毛衣盖住那个小女孩,而他蹲在一边,瑟瑟发抖。"两个生命逝去的时候,南山寺的人正在念经,城东教堂的人在做礼拜,市政府的人在开会,你说,他们能帮上什么?"他后来跟结拜兄弟中的老三张选这样说。

毕业分配之前,他去北京,见他的老乡,"当代大儒"梁漱溟的儿子,他们聊起了大师当年做的一些事情,他突然就泪流如注。就像和尚突然觉悟,教徒看见天父,官员咸鱼翻身那样。他哭得黑天黑地,把梁老的儿子吓坏了。其实梁老的儿子并没有把自己的父亲看成受难者,父亲到底什么地方感动了这个年轻的老乡?钟强说,老一辈真是太不容易了。他原来是哭老一辈。他说他想到梁老这样的智者,就想到老百姓,想到老百姓就想到惨死在车轮下的那对母女,所以就哭得黑天黑地。钟强心慈,且有点神经质,在路上看见一个人面露倦色,就想到他现在是不是水深火热,就要上前打听。

人类最难得的品质就是同情心。
只要你是一个年轻人,你就要远远地离开家。
去爱他们,分毫不取。
把自己献出去。
世界广阔,因你前来。
……

钟强在自己的笔记本上,写下只言片语。这个时候临近毕业。他们家兄弟三人,他排行最小,两个哥哥一个在县政府给县长当秘书,一个是公安局刑侦队队长,他们已经打通关系让他留在县中当老师,没想到弟弟另有心愿。这个傻瓜弟弟,他想去全县最难搞的野马镇工作。两个哥哥,一个成天跟在县长身后,比县长官职小的他斜眼看,比县长官职大的他不敢看;一个成天为破案焦急上火,看谁都像犯人。总之,这两个哥哥都不知道弟弟中了什么邪。老大跟老二商量,弟弟为什么会这样?老大说,是不是野马镇有他喜欢的女人?县长有一个女朋友在另外一个县，县长家在市里，周日早上，他跟家人说回县里，其实是叫司机开车送他去跟女朋友约会，司机嘴巴不严，透露给钟强的大哥，让大哥觉得，他的弟弟是不是野马镇有相好。二哥认为，钟强不像是有女人的人，大凡有了女人的年轻人，穿衣打扮上会注意，那个时候，刚刚流行西裤配白衬衣，一般都是白衬衣插在西裤里，还有就是，抹头油，用"四合一"香皂洗脸。很多人将"四合一"香皂涂脸上，洗得不干净，脸上的水汽消失，现出一层白粉，像古戏里的面首。二哥说他们的傻瓜弟弟，肯定还没有女人，你看，他一点都不注意穿着打扮，剃了一个大光头，一件唐装配的确良裤子，解放鞋，根本没有年轻人应该有的模样，谁会看上他。他们家里相框上有弟弟在学校的照片，头发又黑又密，红色球衣，蓝色球裤，雄姿英发，怎么一毕业，就变成个出土文物。二哥跟大哥说，我们的弟弟，不喜欢县城，喜欢野马镇，真的是很奇怪的事情，这跟他放假走路回家、冬天拿雪来擦身子、现在剃光头穿唐装和解放鞋一样。

钟强站在两个哥哥面前，他们一定要他解释为什么做出这样的决定。

钟强之前跟他们说是想从最艰苦的地方开始。两个哥哥觉得这不是理由，觉得自找苦吃的事不会发生在他们老钟家的人身上。

钟强决定老老实实跟他们说，自己为什么要去野马镇。

他说，哥哥，我说出来你们不会笑话我吧。

老大说，你这样的打扮好像要到野马镇去当和尚，而不是去做老师，你这样的打扮，是不是真要去当和尚？不对啊，野马镇没有庙啊。

钟强说，我觉得，野马镇的人需要我。

二哥哈哈哈就笑出声来，但是他马上发现弟弟不是他的犯人，他经常审犯人，每当听到不可思议的回答时会发出这样的笑声。二哥止住笑，掩饰般地咳了两声。钟强，你这是怎么了，县城也需要你啊。二哥说。

钟强说，哥哥，我想自己过得有意思一点，留在县城，迟早会跟你们一样。

他的话伤害了老大。

我们怎么了？大哥、二哥的身份，县里很多人望尘莫及，没想到啊没想到，他们竟然成不了弟弟的楷模。老大的自尊心受到伤害。你真是有病。他说。到时你不要喊我们找人调你回来。他狠狠地说。

钟强说，哥哥，你误解我的意思了，我并不是瞧不起你们的工作，我是觉得，我得有跟你们不一样的生活。

你想怎么样？

我想磨炼自己，与更多需要帮助的人交往，只有野马镇，才适合我。他说。

野马镇确实是全乡最偏远最贫困的乡镇，很多人都不愿意去，去了的人也不容易提拔和调动，很多干部都在那里成家，和当地的姑娘结婚，最终灰头土脸。从这点看，野马镇确实是一个很"磨炼"人的地方，但是"与更多需要帮助的人交往"，两位哥哥就一头雾水了。

你要学雷锋，雷锋在哪里都做得了好事，你做好事在县城也可以做嘛，非得去野马镇？二哥说。

同样是干部，野马镇的干部跟县城的干部肯定不一样，同样是乞丐，县城的乞丐和野马镇的乞丐肯定不一样。钟强这样回答哥哥。干部我帮不了，乞丐我可以去帮吧。

那你也不要去了，野马镇会有乞丐？在野马镇当乞丐肯定会饿死，乞丐都跑到县城来了。

我只是比喻，我要去帮那些受苦的人。

要帮助受苦的人？

这就非同一般了。两个哥哥，一个跟在县长身后，忙得七荤八素，一个成天想着怎么破案，看到的听到的都跟犯罪有关。这一回，突然有人说他们很难听到的话，要帮助受苦的人，而这个人竟然是自己的弟弟。

最后，钟强的两个哥哥，县长的秘书、公安局刑侦队的队长，都被弟弟的认真劲打动了，像他们这样身份的科级干部，将弟弟留在县城别人不会觉得有什么不对，特别是大哥。他转过弯来了，内心竟有一丝喜悦，把弟弟"送去"最艰苦的野马镇工作，他在很多人面前就硬气起来，这是最直接的好处。另外，大哥是钟强的校友，在师专读中文系时，大哥喜欢读俄罗斯作家的作品，读托尔斯泰，读陀斯妥耶夫斯基，大师笔下的俄罗斯青年，有圣徒的光芒，这么多年过去，他已经把俄罗斯圣徒给忘了，现在，在他们家，在他眼前，他的弟弟钟强，准备要当野马镇圣徒。这是一件好事。

大哥说，去吧。

二哥说，你放心去吧，我派出所的兄弟会帮助你的。

二

来到野马镇，钟强做的第一件事"好事"就是认一个老太婆当"干妈"。

这个干妈，是由学生选出来的。

他第一次跟班上的学生见面，首先神经病一样，微笑了整整一分钟,学生们见惯了黑脸的老师,突然面对一副微笑的面孔,顿时不知所措。

这一节课,他没有教他们语法、字词,也没有叫他们朗读课文。他说,所有的知识都在书上,凡是能印在书上的知识,都不会跑掉。这一节课,让我们暂时忘掉课文、字词、语法,大家闭上眼睛,想一想我们野马镇,现在谁最最需要帮助。

这个钟强,他想借孩子们干净、公平的判断,去找那个最苦的人。之前他还有些担心,这些孩子中间,有的家庭生活会很困难,他们会不会毛遂自荐?

他的担心是多余的,孩子们没有一个认为自己家是野马镇最困难的那一户,或者说,他们还不明白最困难的含义到底是什么,也许自己家很苦,但是老太婆更苦。

野马镇最苦的人,就是那个老太婆。

一片小树林后面,一间泥巴房,竹子编成的门斜在一边,好像从来没有掩上过。

踩着落叶,钟强一个人来到这里。

土房前,一片菜地,老太婆正躬着身子摘青菜,她满头白发。青青的菜地,雪白的头发,青和白平分秋色。对了,现在正是秋天,钟强来野马镇的第一个秋天。午后的阳光,有山野的气息。鸟儿的叫声没有让人觉得热闹，那是寂静之声，飘忽，悠远。

钟强走近菜地，老人觉察身后有人，躬着不动，头缓缓地扭过来。之后又缓缓地扭回去，继续摘菜。钟强也不出声，站在那里等她。又摘了两张菜，老太婆觉得哪里不对劲，又一次扭过头来，说了声，来了。

很久没有人来看她了。第一眼她不相信，第二眼她仿若回到梦境，她等的那个人终于踩着梦境归来。我曾经梦到过这样的时候，有一个年轻人站在我的身后，没想到是你啊。后来进到屋子里，老太婆对钟强说。

在菜地前面，钟强看清她的面容，他觉得她长得像一个人，电影《烈火中永生》里面的双枪老太婆，一个富态、美满、手持双枪的老人。只不过她比双枪老太婆皱纹多，她皱纹里有欣喜。

她不像过得很苦的老人啊，钟强这个时候明白，孩子们说她最苦，是因为家中只有她一个人。孩子们最怕孤单。只要谁家中只有一个人，他们就觉得谁最苦。

钟强顶着光头，宽大的唐装，真像他大哥眼中的和尚，现在，像和尚进入庙宇一样，进了老太婆的家。

屋子里收拾得非常干净，衣柜、神台、床，离得很近，灶台、装碗筷的小柜子、吃饭的小桌子，在土屋的另一边，老太婆的两个世界阵营分明。总之，家中没有破败的气息，也没有需要人帮忙的惨状。

我真的梦到有人站在我的后面，那是很久以前的事了，后生仔，你从哪里来啊？老太婆说。

我在中学当老师，今天特地来看你。

你来看我也不带什么礼物。

这个老太婆开口就问礼物，真是很有意思。

钟强两只手搓在一起，好像被人揭短那样不自然。我先来认认路，我、我也不知道买什么合适。钟强羞涩地笑了。钟强毕业的时候，全班每个同学填一本纪念册，好像没有互送礼物，还真是，他还从来没给人送过礼物呢，包括爸妈。礼物这个概念，还是老太婆给他普及的。这是他进入社会被提的第一个"醒"。

你不要放在心上，我是跟你开玩笑，你能来就很好啦，这里离镇上远，平时也没有人过来，所以我老是梦到有人呢。礼物不重要，我不是一个心贪的老太婆哦。没想到老人这么有趣。

下回一定有礼物。

后生仔你太老实啦，你是新来的老师吧。

钟强点头。

你是教什么的？

语文。

语文好啊，教孩子规矩做人。

钟强还是第一次听说语文就是教孩子规矩做人。

我上学堂的那个时候，读课本上的文章，是唱着读的。她说。

钟强也知道旧时候的人上学堂，先生领读课文，都是摇头晃脑，拉着腔调，一板一眼，像演戏。老太婆小时候还上过学堂，确实不简单。

钟强说，那样子读书，记课文会记得牢。这是钟强的爸爸曾经跟钟强说的，钟强爸爸小时候上学，也有武松景阳冈打虎的课文，钟强的爸爸摇头晃脑"武松在山下喝醉了酒，提着哨棒，向景阳冈走来……"好像谱了曲子一样。同样的课文，一代人有一代人的读法，就像一代人有一代人的活法那样。

老太婆活成眼前这个样子，得经过几多烟熏火燎，才现出真身。钟强想。

是的，记得牢，我现在都还记得一些。老太婆说，不过，那些课文，现在都是老古董了。

钟强曾经在资料上看到旧时的课文，都是一些朴素的道理，怪不得老太婆说语文就是怎么教学生规矩做人。她还活在以往的朴素里面，远离镇上的人群，活得十分的安详。现在的她，确实看不出需要什么样的帮助。她是怎么样的一个人呢？钟强想，她是怎么样的一个人，一点都不重要，重要的是，孩子们认为她最苦。

钟强说，这里离镇上很远嘛，你一个人就不怕？

有什么好怕的，这里又没有老虎。老太婆笑了。

一个干净的老太婆，也许孤单对她来说，是一剂良药。她自己种地，种菜，捡柴火，过着最简单的日子。

我该怎么帮她呢？毕竟，老人也是八十岁上下的人了。

阿婆，以后我每周都来看你，我要帮你种地、种菜、打柴、修房子。

老太婆说，你说什么？

我要帮你种地、种菜、打柴、修房子。钟强又重复了一遍。

谢谢你，我现在还动得了，种地、种菜这样的事情，我还做得了，等哪一天做不了啦，你要来帮帮我，帮帮我。

她连说两个帮帮我。没有表现出拒绝或客气。

你经常来看我，我会很高兴。老人这时候眼里涌出泪花，她用手背轻轻拭擦，她是被钟强的诚意感动了。

　　从此钟强每个周末，都来她家。他和老人一起到岭上去捡枯树枝，从老太婆家到树木茂密的岭上要走半个小时，路不陡，路似乎在照顾这个独居的老人，缓缓地绕着，很是体贴。老人走在钟强的前面，一面跟他说林子里有趣的事情，有一年春天，长尾鸟来到岭上落脚，就是这棵树上面，先是一只，不久又来一只，很大的长尾鸟啊，翅膀一开，就像一个人在天上飞，羽毛有白有绿，像云朵和树叶不停地翻滚，我抬头看啊，看得脖子都酸了。两只鸟在这里生下一群小鸟，天上热闹得不得了，两只大鸟，它们到对面的林子里找东西，肚子里填满了小虫和米粒，然后飞回来，直接就在天上喂它们的孩子，一只大鸟身边，飞着几只小鸟，一只一只喂，怎么喂，嘴对嘴啊，它们的肚子，就是孩子们的粮仓。它们在岭上飞了整整一年，我看了整整一年，第二年春天，它们又飞走了，这一家子，不知道现在在哪里了。我从来没见到那么漂亮的鸟，那么大的鸟。

　　这是第一次来的时候，跟钟强介绍大鸟。飞在天上嘴对嘴喂食的鸟儿，非常的强大，让钟强想起空中加油机。

　　第二次走在缓坡上，老太婆跟钟强讲她养的一头受伤的小兽的故事，那是一只野猫，浑身黑白斑点的那种，是野马镇的猎人最喜欢的猎物,皮可以卖钱,肉更是美味,配上蛇和野鸡,就是一道有名的菜,叫龙凤虎,龙就是蛇,凤就是野鸡,虎,就是野猫了。这道菜谱听起来很吓人。那只虎,不,那只野猫,拖着铁锚,到屋子里来,也是它运气好,正下着大雨,把脚印和血迹都冲走了,要不然它就是跑到天边猎人都会找得到。那只铁锚,大概夹过很多只野猫,到了这一只,不怎么灵了,那只铁锚,被小兽拖着,吱吱喳喳,随时都要散架。我正在生火做饭,它看见火,就靠过来了。大概它以前曾钻到我屋子里找东西吃吧,认为这是个能保命的地方。饿肚子来这里,受伤了也来这里。我用力扳开铁夹,它受伤的腿就缩到嘴边,用嘴去舔伤口,那条腿,差不多都要断啦。我有碘酒,我有云南白药,我还有干净的布条,我就给野猫接骨了。后来它在我家住下,两个月吧,一拐一拐的,有一天,屋外有同伴的叫声,它就跑走了,从此再也没有来过。

整个秋天,岭上什么颜色都有,最多的是黄色和青色,甚至是红色。钟强和老太婆一前一后,在青的、黄的、红的树叶下面穿越,手上的枯枝,由一根两根三根,变成一捆两捆三捆,老太婆的枯枝放在背篓里,而钟强呢,自己做了一个木架子,橡皮绑带,小捆变大捆,绑在架子上,然后背起来。就这样去了又来,来了又去,冬天就到了。老太婆的半间房子,堆满了枯枝,这是以前所没有的。

老太婆说,我整个冬天都不用发愁了。

这是老大钟强刚刚来到野马镇时的故事。

三

第二年夏天,老二刘明跟老三张选来到野马镇。刘明分在供销社,张选分在税务所。野马镇各个单位,有不少年轻人,为什么钟强、刘明、张选三位能成为好兄弟,起因是张选喝醉酒了。那时候张选狂得很,觉得把他分配来这里,是浪费人才。至于张选有什么"才",张选也不知道,反正他就是觉得委屈,于是就借酒消愁。

那天,张选醉倒在露天台球场的台球桌边,张选他们单位的那帮老家伙也不管张选,他们每个人都来到张选身边看了一眼,就笑着离开,他们想让张选躺在地上接地气,让张选醉到自然醒。这也不怪他们,因为睡在地上,吹吹凉风,等酒劲消退,站起来,骂几句,拍拍衣服走人,是野马镇每个酒鬼都必须要经历的事情,不管他是农民,还是国家干部。正好那天钟强路过这里,不忍看张选的鬼样子,把他扶起来。醉酒的人死沉死沉,他根本就抱不动张选,刘明正好经过,凑过来搭把手，两个人拖着张选回单位。单位的老家伙看见有人送张选回来，非常惊讶，这个卵仔，还有这种待遇。钟强和刘明在张选的宿舍里，冲白糖水给他喝，一直到他酒醒才离开。这件事后，他们三个人就结成一个小团体，可不是那种假模假样、客客气气、金玉其外败絮其中的小团体，他们搞了一个饭堂，三个人在一起开伙吃饭。

老三张选年纪最小，他最能体会到钟强对他的关心，他一喝了酒就抱着钟强说，哥，我真的很感谢你。为什么张选会这样说，因为三个人一起开伙的那段时间，张选有一些不好的毛病都慢慢改掉了。在镇上收税，最容易犯一些小的错误。张选刚上班第一天，屠户老蓝就给他送东西了，也不是什么贵重的东西，一个打火机，一个烧气的打火机。张选之前看到的打火机都是烧煤油的，肚子里塞有白棉花，倒上煤油封上盖子，火机上还有一个小砂轮，轮子下面有火石，拇指在砂轮上用力一滑，火石喷出火星，沾有煤油的棉线就起火了。老蓝给张选的这个打火机，肚子里没有棉花，样子像一个棺材，一个出气孔，一个充气孔，一个按键，摁下去，火苗就蹿得很高。他说他弟从广东给他带了几个这样的打火机，也不值什么钱，送一个给张选玩。这可是新鲜的玩意儿，张选收下了。他在乡下舍不得用，一回县城，就拿出来到处给人点烟。没多久，打火机就没有气了。非常及时,老蓝又给张选送来一小瓶打火机专用的气,他拿气嘴对准打火机的进气口,用力一挤,嗞——一股臭味在空气中弥漫。老蓝送张选小礼物,张选非常高兴,收税的时候看老蓝就觉得非常的顺眼,经常对他手下留情。既然收了老蓝的礼物,老刘、老马、老张等等野马镇小商贩,他们的礼物张选也毫不客气,也就都收下了,也不是什么贵重的礼物,猪腰、粉肠、香烟之类的,很长的一段时间,张选的职业荣誉感,都来自这些小礼物。在一个有人送礼物的单位上班,还是很不错的。三个人一起开伙做饭,张选就自告奋勇,说,我负责买菜。说是负责买菜,其实是接受小贩们的"进贡"。到了月底,钟强说,亲兄弟明算账,这个月买菜花了多少钱,算好了,我们三个平摊。张选说,没花几个钱,不用给。你买菜不用花钱吗?钟强问。张选就笑了。钟强知道张选为什么笑,知道张选犯了收别人礼物的毛病。钟强说,你这是毛病,你会越来越不满足,会越来越贪,这样的便宜我们不能占。从此之后,他就不让张选去买菜了。刘明有一点不高兴,因为钟强亲自去买菜之后,他们的伙食大不如前。

钟强是把老二刘明、老三张选当他的亲弟弟管教了。俗话说"近朱者赤",有钟强这个野马镇"圣徒"当大哥,他们两个自然干净整洁。

四

　　三个人心性不一样。钟强是主动要求来野马镇，他要做野马镇的"圣徒"；张选呢，他觉得自己是被"发配"来的这里；而刘明，什么心得都没有，去什么地方工作都行，自己当自己是一朵蒲公英，风吹到哪里就是哪里。刘明的"蒲公英精神"最具体的表现，就是以百米冲刺的速度，跟野马镇的女孩小莉谈恋爱。前面说过，很多人分配到野马镇后，都跟当地的女子恋爱、结婚，把家安在这里。刘明显然想和他们一样，破罐子破摔了。"破罐子破摔"，是当时张选对这一类事情下的结论。当时张选是多么的不愿意来到这里，把和当地人恋爱、结婚当成一件最没有出息的事情。在这类事情当中，爱和欲纠缠不清，有时候是爱多一点，有时候是欲多一点。刘明到底是不是这样？

　　秋天，野马镇开始进入枯水期，水电站蓄一天的水，才能发两三个小时的电，到了晚上，野马镇一片漆黑。漆黑的夜晚，刘明喜欢去大榕树下听野马镇的人对山歌。野马镇的青年男女喜欢对山歌，他们的山歌可不像印在纸上的句子那样文雅，那样人畜无害，他们的山歌，都是直指男人女人的下半身，听得人脸红心跳。不可否认，野马镇的山歌在刘明谈恋爱这件事上面，起到了催化的作用。

当然，刘明的爱情故事不是发生在漆黑的榕树下面，而是发生在皎洁的月光下面。

农历九月十五，一轮圆月高高挂起，钟强、刘明和张选，到野马河边洗澡，到了河边才发现，香皂忘带了。

野马河有两个码头，一个在左岸，一个在右岸，左岸码头一般是女人们的天下，而右岸则属于男人。

他们来到河边时已经是晚上十点，这个时候的右岸码头，属于他们三个忘了带香皂的男人。而左岸，则有两个姑娘在洗澡。

枯水期，左岸和右岸的距离被拉近，下到水里，河两岸的人能看出对方的一、二、三、四、五。也只能是一、二、三、四、五。如果要看清对方的六、七、八、九、十，那得游到对方跟前。就是这一、二、三、四、五，让刘明蠢蠢欲动。忘了带香皂，正好给了他机会。张选和钟强泡在水里，用手搓身上的污垢。

刘明说，我去跟她们借一下香皂。

他没有马上游过去，而是朝她们喊话：喂，我们忘记带香皂了，能不能借你们的香皂用一用？

你们是故意不带香皂的吧。一个声音飘过来。野马镇的青年男女，在河的两边，用一块香皂来打情骂俏，以前不是没有过，刘明的请求引起对岸的警惕。

刘明说，真的是忘记带，不借就算了。

过了一会儿，另外一个女的说话了，毫无疑问，这是小莉的声音，好吧，你接好了啊。一道白光从左岸飞过来，刘明没有接住，白光没入河中。刘明潜水，急急地追。

那是一块檀香皂。

从此以后，刘明只用这个牌子的香皂。当张选发现这个秘密时，已经是一个月之后，他和那个借檀香皂给他们的女孩好上了。她叫柳小莉，是米粉店老板柳庄的小女儿，她是野马镇唯一害羞的姑娘，在野马镇，见多了风风火火的女人，小莉害羞的表情就显得多么的可贵。她长得漂亮。漂亮、害羞，大概是刘明喜欢上她最大的原因。张选反对刘明在野马镇谈恋爱。刘明说，你怎么跟我爸我妈一样。刘明的爸爸妈妈也不希望他扎根野马镇。张选说，要不这样，谈谈就好了，不要结婚。刘明几乎要把张选吃掉。他是一个非常认真的青年。

五

入冬的时候，老太婆的腿摔断了。

这是非常寒冷的一个冬天。

平时钟强去林中老太婆那里，都是一个人自己去，那天下着冬雨，他和刘明来到税务所，跟张选说老太婆腿摔坏了，叫张选跟他们一起，去接老太婆到医院治疗。

张选开着单位的三轮摩托车，带着他俩，向林中进发。一路的泥水，从轮子后面飞溅上来，落在他们身上，到老太婆家时，他们三个已经变成泥人。

这是张选和刘明第一次见到老人家。

她躺在床上，见到三个泥人，眼泪就流下来了。

钟强经常来家里照顾她，张选和刘明是知道的。三个人虽然结拜成兄弟，除非有像今天老太婆腿摔坏的事情发生，大家需要一起去帮忙外，很少去过问彼此都做了些什么。比如刘明，他跟野马镇的姑娘小莉谈恋爱，谈得怎么样，他不说，钟强和张选也不会问；比如说张选，进入冬天的时候，开始学习写作，报了一个文学创作的函授班，晚上在蜡烛下写写划划，秘密而又生动。这样的事情张选也不会告诉他们两个。他们不像镇上那些喜欢到处结伙出行、上个厕所都恨不得在一起的酒肉兄弟那样，过分团结，团结得都喘不过气来。钟强每到周末就去老太婆那里，他早出晚归；周末的时候刘明去帮老丈人柳庄干活；张选看书写作。他们三个互不干涉，他们觉得这样的兄弟才能长久。不像食品站的毛点，认的兄弟太多，一共有四个大哥，这四个大哥偏偏都喜欢时时刻刻有小弟在旁边缠绕，所以毛点一到晚上就发愁，今晚跟哪个大哥一起吃饭才合适。

钟强帮老太婆拭擦泪水。

关于老太婆的身世，给张选送打火机的老蓝曾经告诉张选，老一辈的人曾说，老太婆解放前在外面做过妓女，一个人来到野马镇，一住就住到现在。老蓝那下流的眼神，像看一堆垃圾。怪不得老太婆离群索居，原来是有原因的。

张选曾跟钟强说过关于老太婆身世的事情，钟强说，也曾经有人告诉他这个事，但这有什么关系吗？老大钟强，他的脑袋里没有污泥浊水，既然孩子们把老太婆托付给他，他就要负责到底。他说都没有跟他们说关于老太婆的过往，每周雷打不动地去帮她干活。

老人家的手握住了钟强的手，说，我这回完了。

钟强说，你不要乱说，摔伤而已，我们来接你去医院。

老太婆的手在他们眼前拼命地挥动。不要这样，不要这样，我不去。

不去医院不行的，有伤，就得治疗。张选说。张选只想尽快把她送到医院，他觉得他和刘明不是在帮老太婆，而是在帮钟强。

刘明说，你看，我们车都开来了。那时候，有一辆"边三"在野马镇驶过，是很威风的事情。他们一路上还商量怎么把"边三"变成救护车，让老太婆躺在上面，而他们三个还能挤在一起，安全地把她送到医院。现在，不用这样做了。

老太婆摇摇头，慢慢扭头，把脸埋在枕头上。

她害怕去镇上。

钟强对刘明和张选说，你们回去吧，问题不是很严重，我再叫医生过来看看。

六

这个医生是钟强自己。老太婆害怕去镇上，这样一来，钟强又摇身一变，变成一个土医。张选和刘明走后，他就动手给老太婆治腿伤了。他想起老太婆跟他讲的，她曾经给一只野猫接骨的事情，他想这世间的事真是神奇。

他说，这回轮到我给你治腿伤了。老太婆伤的是右腿，钟强慢慢将裤腿卷起，用手轻轻触碰，老太婆终于喊疼，是小腿。

老太婆的小腿摔断了。在钟强的脑海里，有一套土法接骨的办法，那是他曾经看到的和听到的：一只断腿，被木板夹住,然后裹上厚厚的草药,再缠上绑带。这和老太婆给野猫接骨相比,复杂多了。好在"医疗器具"都是现成的,木板家里就有,吊篮子的麻绳割一截下来便是,烧一锅热水,将老太婆家中的旧布条煮一遍晾起来;龙骨树、百花草、紫藤等等草药,老太婆家附近多得是,它们好像是为老太婆而生长,它们一直都不受待见,现在,终于被钟强毫不费力就采了一筐。屋子外边废弃的一个石臼,这下也派上了用场,钟强将石臼洗净,倒上草药,用木棒捣,把草药捣成了浆。折腾了好久,钟强脑子里那些神医给人治疗腿伤的画面,终于变成自己手边的现实。老太婆安详地躺在床上,因为木板、草药、麻绳、布条,她右边的小腿,比大腿还要粗很多。

老太婆说,我这一辈子,还是很有福气呢。

那几天只要不是上课,钟强都往林子里跑,去照顾老太婆的吃喝拉撒。好在寒假到了,钟强干脆卷一个席子,在老太婆家里摆了个地铺。这么多年来,老太婆家里还是第一次住进另外的人。

夜色来临,老太婆在昏黄的油灯下面,露出焦躁的神色,夜晚,家里突然多了一个人,老太婆不习惯,她看钟强的眼神怪怪的,透出一股子邪光,是久病成恶人?或是不忍有人对她这么好?或许都有吧。她让钟强离开。

她说，你啊，你在这里，我还真不习惯呢，你看，我的手都在抖呢。

钟强走过去，捏她的手，确实她的手在抖。

我汗都冒出来了啊。她说。

钟强用手探她的额头，潮热潮热。这个可怜的人啊，她已经不习惯夜晚有人在身边。

你在这里，我会睡不着的。她说。

你不要害怕。钟强脱口而出。

她是打骨子里害怕，害怕夜晚，害怕夜晚和人。

老太婆的头轻轻地抖起来，她哭了，哭出声来。这片林子里，除了一些不甘寂寞的冬虫在远处轻唱，还有一个老太婆古怪的哭声。

说说话，说说话就好了。我记得你跟我讲的那些鸟啊，小兽啊，你再讲讲，我也很想听呢。钟强说。他拿着洗脸盆，从热水瓶里倒热水，再到水缸边加上冷水，试了试水温，把毛巾浸湿，扭干，来擦老太婆的脸。

说说话，说说话就好。

我好久没在夜里说话啦。老太婆说。她明显平静了下来。

接下来她就说话了。她讲花、鸟、小兽，还讲那些男人，谁对她好，谁对她不好，讲了整整一个晚上，像面对离家多年的亲人，一肚子的话，全部说出来了。

钟强从那晚开始，到整个寒假结束，都住在老太婆家里。春节他也没有回家，留下来，陪老太婆一起过年。

七

老太婆腿伤后，衰老得很快。春天，钟强跟刘明和张选说，老太婆身体越来越差，他想按照野马镇的风俗，给老人家"补粮"。什么叫"补粮"，就是有老人的人家，想让家里的老人健康长寿，会挨家挨户去讨一把米，吃百家饭，这样一来，就能续命。野马镇几百户人家，钟强怕自己忙不过来，叫刘明、张选帮忙，每人一百多户，上门讨米。

对张选来说，这是一件很难为情的事情。张选拿着一个白布袋，站在屠户老蓝的面前，跟他说，抓一把米给我。老蓝以为张选得了神经病。你要"补粮"？年纪轻轻就"补粮"。说完接过张选手中的白布袋，整整给张选装了半袋。说，你一个小青年，挨家挨户去讨米，很丢人的，半袋米你拿去，就不用去其他家讨了。

那意思就不一样了，那就不叫百家饭了。张选说。

你也信这个？我以为只有野马镇的人才信这个。他说。

张选没有讲他是为老太婆"补粮"。他跟老太婆不亲，说出她的名字，怪难为情的。他只是帮老大钟强做事情。

张选说，我只要一小把。张选让老蓝带他到他家的米桶边，把那半袋米倒了回去，再抓起一把，放到口袋里。然后再去老张家，老刘家，老石家……

两天时间，老太婆就吃上了"百家饭"。

八

野马镇的"百家饭"最终也没有留住老太婆。夏天的时候，老太婆就去世了。为了她的葬礼，钟强、刘明、张选三兄弟有了一次终生难忘的远行。

去世前，老太婆跟钟强说，她不想埋在野马镇，她想被火烧掉，变成灰，水上撒一点，山上撒一点，总之，不要再回来。

钟强跟刘明和张选说这事的时候，他们两人都觉得这是不可能做得到的事情，因为从野马镇到市里，山高路远，坐车就需要一个白天。火葬场的殡仪车肯定不愿意开过来，而野马镇，也不会有人愿意开车送老太婆的遗体去市里，他们的车拿来运粮食、运煤、运猪、运牛，运老太婆的遗体去火葬场，他们肯定嫌晦气。

一切都如他们所料。

钟强找来火葬场的电话号码,打了过去,那边的人听说是野马镇死了人,那么远的路,野马镇不属于推行火葬的区域,建议将老太婆就地安葬。钟强去找镇上跑运输的车主,也没有一个人愿意做这件事。钟强不死心,分别打电话给他的两个哥哥,请他们帮忙。两个哥哥都觉得弟弟做这件事太荒唐。大哥说,老太婆临死之前说的是胡话,你怎么当圣旨来执行?二哥说,天气热,赶紧埋了,就挂掉电话。

天气热,赶紧埋了。张选也这样认为。

但是大哥钟强,做了一个大胆的决定——

用马车将老人的遗体送去火葬场。

用马车是可以的,但是天气太热了,怎么办?

他们有冰块。

刘明刚刚被换到供销社的冰室卖冰水和雪条。制造冰块,他很在行,他读的是供销学校,他的同学,分散在县里县外各个乡镇的供销社,通过他们的关系,从野马镇到市里,沿途乡镇供销社的冰室,都可以停靠加冰。刘明,这个恋爱中的男孩,他不停地给他的同学打电话,说得最多的两个词,一个是老人家、老人家、老人家;一个是冰块、冰块、冰块……

马和车是老蓝家的,张选悄悄跟他说,只要你把马和车借给我们用,我少收你半年的税,他一咬牙,就答应了。

他们的马车从林中慢慢驶出。说老实话,三个人都有点害怕,特别是刘明和张选,这是他们人生第一次面对一具尸体。张选不敢坐在车上,牵着马走在前头,马车摇摇晃晃,出了林子,上了大路。车上,一个永远睡着了的老人家,她已经被白布缠绕,她四周,铺满冰块。

那一年,很多人都看见,从野马镇通往河池市的公路上,有一辆滴水的马车缓缓前行。马匹、冰块、老人家,以及,三个从野马镇走出的年轻人……

九

很多年后,一个姓李的作家来到野马镇,他听到这样的故事,一股暖流,涌上心头……

代后记
人脸上的晨昏最是惊心动魄

心有不甘。

"不甘"什么？既是一种混沌的感觉，又是一种走神恍惚的里子被镇定果敢的面子遮蔽的事实；是看得见又说不出，或者说看不见又猜不准，着急、上火、六神无主，却又漫不经心，就是窒息也要面带微笑装镇定的事实。

——看不出来的虚弱，就是一个作家的日常。心有不甘。

大地上人来人往，早场、中场、夜场，场场皆有悲欢。但是，遍插茱萸，就是少一人。这个人也许就是我。

心有不甘，确实不该是"我"，这个作家的日常。

这是不好的事情，我心生倦意已久。对着自家七楼窗外的晨昏，我常常陷入怀想，流水一样的日子过于寡淡，时代在门外边吵闹，隐约听得到，看得到，但真相尽失。广西多雨，那一年我在右江边一个茅草屋下躲雨，那雨下得好大，偏偏右江边又生长很多阔叶植物，大颗大颗的雨水打在叶子上面，声音像子弹打在铁皮上面那么吓人，当时我就想，要把广西写好，绕不过这些雨水。当然仅有雨水是不够的，写作者最大的敌人不是雨水，而是人脸。想起来惭愧，我们已经有多久没有去仔细端详一张人脸，人脸上的晨昏最是惊心动魄。

2018年,一个不平凡的年份,就这样到来。

之前的2017年,整整一年,我读索尔·仁尼琴、凯安·波特、茨威格、罗伯·格里耶、赫拉巴尔、远藤周作、陀思妥耶夫斯基、格雷厄姆·格林、奥兹、伯恩·哈德、马龙·詹姆斯、大江健三郎、三岛由纪夫、米兰·昆德拉、何塞·塞拉、米洛拉得·帕维奇、莫迪亚诺、舍伍德·安德森等作家的作品,惊喜多于沮丧。接下来的2018年,我将怎样?

2017年读书,2018年行走。

正好有一个机会,我被安排去参与精准脱贫工作。这是最好的安排。

开始我喜忧参半。喜的是这回可以名正言顺地进入人群,而且一去两年,文章开头说的心有不甘,也许会有所缓解。忧的是生活规律会被打乱,跑步、看书、写作的习惯,将被另一种忙碌所代替,这可不是平时下乡采风,各种情况都有人打点,这可是真正的"深扎",我一时半会肯定不适应。

2018年3月19日,带着复杂的心情,我来到五山乡三合村。

五山乡三合村离中越边境70多公里,全村10个自然屯,人口4260人,建档立卡贫困户269户。这269户,每户人均收入每年要达到3600元以上,且吃穿不愁,有稳固的住房保障，孩子九年义务教育有保障，人人医疗有保障，才算脱贫。

这"两不愁三保障"，就是我们这些扶贫队员工作的重点。

到三合的第一晚，我还是出差在外的感觉，还是那种即将来去匆匆的外来客的感觉。到三合的第一晚，我眼睛适应不了眼前的黑。三月，残冬犹在，天黑得早，七点不到，眼前什么都看不见，像一张纸，被墨水浸透，黑得很新鲜。以前我的夜晚太亮，眼前的这种黑让人不舒服，我心里有点发慌。

蛙鸣声从楼下传来，已经很久没有听到青蛙的叫声了，三月的蛙鸣嫩声嫩气，多么陌生的声音，像来自另一个星球。在城里我住在快环边，每天都是车流的声音。现在，熟悉的声音被蛙鸣代替，就像听到车流的声音时我不会觉得有什么不好一样，在乡下听蛙鸣，我也没能听出诗意。每种声音都有属于自己的地盘，不管你接受不接受，它都会按时响起来。这个时候，青蛙的叫声提醒我，我真的要开始我的乡居生活了。从今天起，我将要面对各种各样来自乡村的"响声"。

我住在乡卫生院宿舍楼五楼（从住的地方到村部开车只要五分钟），楼下就是田垄和病房。他们跟我开玩笑，说你住在卫生院宿舍，可以看到女护士。我说，女护士一般都戴着口罩，我只能看到病人。总之，田垄和病房，是很有意思的组合，人生一世，无非生和死，这田垄和病房，真是寓意深长啊。接下来的七百多个夜晚，大部分时间我将一个人，独自在这里。

我算是真正进入人群。

这两年时间，我在乡下最大的收获，莫过于记住很多张面孔和面孔后面的故事，而一个村庄的气质，也慢慢在我心中沉淀。老实讲，我是带着慈悲而来，多年的从业经历，每时每刻都在提醒，你要柔软，你要关注每一个个人，关注他们的生存状态，好不容易有这样的机会，那些让人内心一颤的人和事，你不要轻易放过。但是，我乡下的日常，却是忙碌和机械的。这两年来，在他们眼里，我只是能给他们带来好处的"吴书记"（即使不能，他们也希望我尽快能），只要我出现在村口，就有好多人围上来，诉苦。记得有好几次，我走在村道上，突然就有人把我拦住，不是摘下帽子，就是掀开衣襟。摘掉帽子，是给我看凹下去的头颅，一次意外的工伤，让这个人变成现在这样；掀开衣襟，是让我看看他身上动手术留下的疤痕。他们拦住我，是因为他们觉得自己受到不公正的对待，他们都这样了，还"当"不上贫困户。因为贫困户会有各种补贴，在看得见的利益面前，不分城乡，每一个人都很现实。当初建档立卡，有严格的"准入"机制，那就是打分，家里的各种情况用分数代替，各种分数加起来，76分以下就是贫困户，77分以上，就不是贫困户。在村里，经常把我拦住的，就是那些被打77分、78分的户主，你说，76、77、78，这些分数接近的人家，他们家中的情况，有什么区别吗，有的只是住房多了一两平方米，就跟贫困户"失之交臂"。规则的冰冷就这样显现出来。我走在村里，经常被77分、78分、79分的户主指责。不光非贫户，就是贫困户，也有很多的问题跟我诉说，我仔细地倾听和分辨，哪些是真实的成分，哪些是虚假的成分，所以我要做到面不改色，一副公事公办的样子。我不能松弛下来，跟他们平等交流，身份使我在他们眼里变成一个需要不停解决问题的人。他们看我的眼光主要有三种：一种是热切地期盼，一种是失望，一种是幽怨。这三种眼光照在我身上，而他们的内心拒绝向我敞开，这是我最难受的地方。所以，我的日常是，走村入户，每家每户收入、孩子入学、生病能不能报销等等情况，很快就变成工作报表上的数字，他们真实的生活，被数字替换了。这又是另一种心有不甘。

尽管这样，我一个作家的脾性会久不久冒出来，让当地的人感到匪夷所思。

比如有一天，贫困户老赵给我打电话，他一上来就直呼我的名字，你怎么搞的，我没有米吃了。要说这个老赵，还真的让人同情，他老伴过世早，他独自一人把女儿拉扯大，女儿招了上门女婿,生了两个男孩。前几年,女儿患病去世,平时他跟女婿的关系不好,女儿在世的时候,他们两个人的矛盾由女儿调解,女儿死后,女婿就不怎么回家了,到大新县城、崇左市区打工,一年也就回来三五次,两个孙子由他照顾。接了他的电话,我心想,没有米吃的事情,在这个地方,肯定不会有。如果是别人,肯定会揭穿他,但是我没有那样做,我到乡里的超市买一袋米,送到他家。路上,看到我提着一袋米,村干部问,你去哪里?我如实告知。村干部说,只有你相信他,他家种田,不可能没有米吃。我笑着说,我也知道不可能没有米吃,但是他既然开得了口,我就相信他一回。来到他家,他毫不客气就接过这袋米。为了证明家里真的没有米,他带我到储藏粮食的房间,让我看他家的空米桶。为了我手中的这袋米,他可谓用心良苦。我心里想,跟他遭到的苦难比起来,他"骗"我这袋米真的是不值一提,这个孤苦的老人,丧偶、丧女,和女婿的矛盾已没有调和的余地。我曾给他的女婿打电话,女婿这样称呼他:这个老猫。自从送了这袋米,他就以我的朋友自居,经常给我带路,喝醉了就给我打电话,说的最后一句话就是,你要对我好一点,不要像某某一样。某某,是他的女婿。在这里,我经常会遇到一些小小的欺骗,我的经验是,你最好不要戳穿,内心愁苦的人,想得到更多的安慰,会使一些小伎俩，我们"上当受骗"，或许能缓解他们的焦虑。我把这个心得跟当地的人说，他们哈哈哈都笑出声来。

是的，焦虑无处不在。我的焦虑，是如何完成一件又一件棘手的事情。

控辍保学就是让很多扶贫干部感到最棘手的事情。当地要求，只要有一个适龄儿童辍学在家，那脱贫任务就不能算完成。我所在的乡，一共有二十多个孩子小学、初中没毕业就辍学，有些已经去广东打工。县里要求，无论如何，一定要动员他们返校。还好，我们三合村辍学的孩子，都没有去广东。邻村有孩子辍学在广东打工，控辍保学的会议刚开完，劝返工作组就连夜出发了，他们在工作群"直播"，什么时候出了广西地界，什么时候到达广州城，什么时候到达孩子打工的地方。整整一天，我们久不久就看手机上他们工作的进展，这是一损俱损、一荣俱荣的事情，只要一个乡有一位辍学的孩子，大家日子都不好过。当他们劝返成功，带着辍学的孩子回乡，我们后方的所有人都欢呼起来，就像奥运申办成功那样。

我们三合村工作组虽然没有像邻村的工作组那样长途奔波，但是也不省心，我们村有三名辍学的孩子，小玲，小炎，小安。其中小玲最让人揪心，她是个女孩，在县城读初中，初一下学期就辍学了，她和另一个邻村的女孩一起，没有回家，她们在县城，住在跟她们一起辍学的男同学家里。三个正值青春期的孩子待在一起，非常的让人担心。我和乡里的人大主席林森业赶往县城，学校老师带我们去那位男同学的家。小玲是个漂亮的小女孩，化了妆，染了指甲，他们同学三个，低头玩手机。男孩的妈妈在我们的面前哀求两个女孩离开她的家，两个女孩住在家里，邻居的风言风语已经让她受够了。她的儿子拿眼瞪她，她赶紧噤声。两个女孩也把她的话当成耳边风。关键时刻，我作了自我介绍，南宁来的作家的身份这时候起作用了。他们三个抬头看着我。乡里的人大主席林森业赶紧说，你们听这位伯伯的，会有很多的好处。我说，小玲，刚才老师打你手机，你手机不通了，是不是欠费了啊？这时候她才开口说话，她说，是的，我的手机欠费。我当场就给她的手机充了五十元话费，林森业说的好处，五十元话费算是第一个吧。小玲的父母在广东打工，平时根本顾不上她，跟父母缺少交流，同学之间的感情显得尤为重要（后来她微信不停问我要钱，总是要双份，另一份给另一个女孩）。我问她为什么不想读书，她说她想读中职，想学美容美发专业。我说，你先去现在的学校注册，读中职的事我负责帮你们联系。接下来我把自己说成神通广大的人物，只要听伯伯的，以后前途无量。一番话说得她心动，终于答应三月三长假之后回学校注册。临走时，我加了她的微信。回到乡里，我不放心，用微信把在她面前说的话又说了一遍，她也答复说长假过后一定回校。我同时跟南宁的朋友联系读中职的手续该怎么办，得知只有初中毕业，才能上中职。我没有把这个消息告诉小玲，怕她知道读中职无望，不履约上学。我最担心她去广东，她虽然只是初二，但是个头已经是成人的模样。后来小玲去注册了，在微信里也没有再提去读中职的事情，只是久不久会微信问我要零花钱，特别是过节的时候，她会微信给我，今天过节，伯伯你难道没有什么表示？可怜的孩子，正是跟父母撒娇的年纪啊。

说小玲揪心，比小玲还要揪心的是小媛。小玲和小安、小炎是去年我们工作组劝学成功返校就读的孩子，小媛是新的劝学对象，她更加难办。刚读初二的她，跟同班男同学谈恋爱，然后双双辍学在外面租房子，后来因为经济原因，两人回到男孩的家，住在一起。今年春节假期刚过，我借去县里开会的时机，叫知情人带我去男孩的家，男孩的家在郊外，到他家的时候已经是傍晚，男孩的父母一脸愁苦，因为之前，乡里已经叫派出所的人上门去跟他们发最后的通牒，威胁如果不动员他们的孩子上学，就要立案，男孩要以强奸罪论处。男孩的父母也把希望寄托在我身上。这对小情侣下楼来见我，男孩瘦、高，像根豆芽，女孩面黄肌瘦，一看就是营养不良。跟小玲一样，她父母也是在广东打工,她的各种状况,他们根本无暇顾及。去找小媛之前,我去找小媛的父母聊(这时候是大年初八,父母还没有外出),知道小媛跟父母的关系很紧张,春节都没有回家。怎么动员她返校呢?小媛是因为在学校里得到男孩的帮助,而喜欢上他的,派出所的人来的时候,她对他们说,你们抓他去坐牢,我会等他出来嫁给他。我只好跟他们说,你们最好要拿到初中毕业证书,以后成家,没有钱肯定不行,有初中毕业文凭,打工挣钱会方便很多,现在在学校,你们也可以互相照顾。我的口气,不像是动员两个初中生返校上课,而是像动员一对贫困的夫妻以后怎么去打工挣钱安家。相同的话我重复了很多次。后来,这对小情侣又回学校了。不知道是派出所的威胁起作用还是我的动员起作用。应该是派出所的威胁起作用吧。

在三合村,人群中发生的事,每隔一段时间,会撞击我的心。

六月的一个周末,我回城休息,坐在朋友的车里,突然接到一个电话,一个老人,哇啦哇啦朝我喊。是方言,我听不懂。我心一沉,肯定村里出什么事了,我也大声跟老人说,你有什么事情?老人听得懂,但是不会说普通话,只是哇啦哇啦地喊,后来电话就断了。我赶紧打电话给村里,嘱咐村里值班的村干了解一下，是不是谁家发生了什么。晚上，村干给我回话，是老黄两岁的孙子，玩切猪菜的机器，右手拇指、食指、中指被切断了，由于老黄不懂医学知识，断指没有带去医院，孩子从此残疾。原来给我打电话的是老黄。我脑子里马上浮现他的样子，很慈祥，脸上很多的皱纹，一见到我总是面带微笑，吃碗粥再走吧，每次他都这样跟我说话，低声低气地，很难跟那个电话里朝我喊话的人联系在一起。周一我回村，赶到老黄家，家中的血迹还很醒目，老黄一个人在家，以前他见我，都是很热情地跟我说话，现在他坐在家中发呆，很冷漠地看着我，大概他认为关键的时候我帮不上什么忙，所以报我以这样的眼神，这是我在三合村遇到的第四种眼神。过一段时间，我又去入户，老黄的孙子出院回家了，他的妈妈背着他，他的三只手指伤口缠着纱布，搭在妈妈肩上。我问了孩子的一些情况，孩子的妈妈说，医生说要等孩子长到十八岁，再从他的身上取骨头，植成三根指头。这个可怜的小孩，还要等上十几年才重新拥有三根指头。离开他家，他妈妈叫他跟我说再见，这个只有两岁的孩子，刚刚学会摇着右手，跟人说再见，一时还不习惯用左手跟人说再见。此时，他举着右手，由于没有了三根指头，像举着一个拳头，朝我摇。

到了七月，村里就死人了。不是死在村上，而是死在南宁。秀英的好日子刚刚到来，就死在南宁。那是一场车祸。秀英的两个孩子集资在南宁开了一个洗涤加工场，承包洗涤各个医院的床单、病号服的业务，请了十几个人，秀英负责买菜做饭。她总是在晚上去超市买菜，因为晚上超市的菜会便宜很多。七月十八日，农历六月初六，晚上，秀英去出租房附近的超市买菜，从此一去不回。超市10点关门，她11点还没到家，孩子们出门寻找，找了一个晚上都没找到，于是报警。后来在医院的太平间他们见到了妈妈。这个城市的一起车祸，带走了他们的妈妈。秀英8点出门，在超市附近，一辆泥头车将她碾压。她的孩子们，这些五山乡三合村岜度屯的孩子，勤劳、忍韧，不喜欢围观，8点多的时候，孩子们曾看到他们家的附近警灯闪烁，那是警察来处理交通事故，他们看到很多人都去现场围观，他们没有去，就是他们11点出门找妈妈，都没有跟那起车祸联系在一起，他们打死都想不到，在他们眼前的这起车祸，死者就是他们的妈妈。

在屯里，瑞深说，秀英命苦，人老实，平时话也不多，就知道干活干活干活，现在日子刚刚好一点，都还来不及享福，就走了。

瑞青说，我们岜度风水不好，事情出得太多了。

瑞青的话一语成谶，十个月之后，今年五月，秀英的大伯，开农用车在屯里拉砂石，倒车的时候又碰倒本村一位开摩托车的青年，把青年拖了好几米，当场毙命……这一年多的时间，小小的三合村，类似的事情就发生了五起。除了五月的这起，四月，前面说到的辍学女孩小媛的母亲，回家过三月三，在村里，也被一辆卡车撞成重伤，抢救好多天才醒过来……

　　伤痛刻骨铭心。

　　这两年多，我记得最多的，是那些愁苦的脸庞。

　　意外事件和病痛使一个个家庭风雨飘摇。

　　这两年，感觉一点都不轻松，我也知道网上每天都会有不幸的事情发生，但是在网上阅读，比不得在人群中目睹更让人感到惊心动魄。

　　这两年，我沉重多于喜悦。

图书在版编目（CIP）数据

李作家和他的乡村朋友 / 李约热著. -- 上海：上海文艺出版社,2021
ISBN 978-7-5321-7968-8
Ⅰ.①李… Ⅱ.①李… Ⅲ.①长篇小说－中国－当代
Ⅳ.①I247.5
中国版本图书馆CIP数据核字(2021)第097213号

发 行 人：毕　胜
责任编辑：于　晨
封面设计：周伟伟

书　　名：	李作家和他的乡村朋友
作　　者：	李约热
出　　版：	上海世纪出版集团　上海文艺出版社
地　　址：	上海市绍兴路7号　200020
发　　行：	上海文艺出版社发行中心
	上海市绍兴路50号　200020　www.ewen.co
印　　刷：	苏州市越洋印刷有限公司
开　　本：	1240×890　1/32
印　　张：	8.5
插　　页：	4
字　　数：	147,000
印　　次：	2021年7月第1版　2021年7月第1次印刷
Ｉ Ｓ Ｂ Ｎ：	978-7-5321-7968-8/I.6318
定　　价：	68.00元

告 读 者：如发现本书有质量问题请与印刷厂质量科联系　T：0512-68180628